KB253054

THE KING OF IMMORTALITY

불사왕

론도 판타지 장편 소설
FANTASY FRONTIER SPIRIT

불사왕 3

론도 판타지 장편 소설

초판 1쇄 찍은 날 § 2009년 2월 28일
초판 1쇄 펴낸 날 § 2009년 3월 5일

지은이 § 론도
펴낸이 § 서경석

편집장 § 오태철
편집책임 § 문혜영
편집 § 정서진 · 서지현 · 주소영

펴낸곳 § 도서출판 청어람
등록번호 § 제1081-1-89호
등록일자 § 1999. 5. 31
어람번호 § 제1-1035호

주소 § 경기도 부천시 원미구 심곡2동 163-2 서경B/D 3F (우) 420-822
전화 § 032-656-4452 팩스 § 032-656-4453
http://www.chungeoram.com
E-mail § eoram99@chollian.net

© 론도, 2008

ISBN 978-89-251-1705-8 04810
ISBN 978-89-251-1564-1 (세트)

청어람
노서출판
론도 판타지 장편 소설
FANTASY FRONTIER SPIRIT
[마족]
III
불사 왕
THE KING OF IMMORTALITY

Contents

Chapter 01
신마전쟁의 영웅

테오발트는 오랫동안 호운의 시체를 관찰했다.

괜히 손을 뻗어서 뒤적거려 보기도 했다.

'이상하군.'

호운은 수백에 가까운 사람을 학살했다.

나름대로 번성하던 마을이 한순간에 폐허로 변했다.

놈이 한 짓을 생각하면 수천 번을 때려죽여도 성에 차지 않는다.

그런데 이 씁쓸한 느낌은 무엇인가.

어째서 저도 모르게 이놈의 눈을 감겨주었는가.

"적적하시더라도 옥체 보중하십시오."

아마 호운은 그 이유를 알고 있을 것이다.

그래서 마지막 순간 그런 말을 남긴 것이다.

"테오발트 폰 베르그이젤. 너는 사악한 마법사들을 세상 밖으로 끌어냈다. 나는 그 행위의 심각성을 만방에 알리고 너를 처단하기 위해 여기까지 왔다."

차가운 음성이 그의 상념을 깼다.

신마전쟁의 세 영웅 중 한 명, 요정 족의 공주 엔하.

그녀가 신궁 가르시아로 테오발트를 겨누고 있었다.

테오발트는 뒤를 털어내고 일어났다.

"모든 것은 오해입니다. 저는 마족을 몰아내기 위해서 마법사들의 힘을 빌릴 생각입니다."

"개소리하고 앉았네."

순간 사람들은 고개를 갸우뚱하며 자신의 귀를 의심했다.

잘못 들은 것이 아니다.

이 신비로운 요정 족의 공주가 욕지기를 뱉은 것이다.

"마법사의 힘을 빌려 마족을 물리친다니 지나가던 개가 웃겠군. 마법사의 힘은 마족으로부터 비롯된 것."

엔하는 손가락을 들어 호운의 시체를 가리켰다.

"그리고 나는 애초에 마족이 나타났다는 말 자체를 믿을 수가 없다. 네 해명에 따르자면 길 가다 운 좋게 고대신전을 발견하여 마족을 물리쳤다는 말인데, 지금 날더러 그걸 믿으란 말인가?"

그건 호운이 자살했다는 말이 먹힐 리 없기에 대충 둘러댄 것이다.

하지만 대충 둘러댄 그 말엔 어느 정도 설득력이 있었다.

이곳에서 마족 두엇은 절명시킬 수 있을 정도로 엄청난 양의 성력이 발생했기 때문이다.

만년장로 호운이 불사왕을 죽이기 위해 발굴한 신전이니 어련할까.

막대한 신성력의 기척을 산맥 전체에서 감지할 수 있었다.

사실 엔하도 성력의 발원지를 추적하다가 테오발트를 발견한 것이다.

그럼에도 엔하는 쉽사리 납득하지 못했다.

투명한 푸른색 눈에서 살기가 줄기줄기 흘러나왔다.

"진정 마족이 세상에 강림했다면 그따위 말장난이 통할 것 같은가? 마족이란 단어를 함부로 입에 담지 마라. 네놈은 마족에 대해 아무것도 모른다!"

"그렇지도 않은 듯합니다만."

레논이 쓸쓸한 표정으로 말했다.

전설로만 들어왔던 마족은 오히려 전설 이상이었다.

사해의 마법사를 벌레 취급할 정도로 압도적인 힘.

죽은 자를 되살려 내는 신에 필적하는 이능.

그 기이하고 사악한 마법들!

레논은 어째서 엔하가 그렇게 예민한 반응을 보이는지 이해할 수 있을 것 같았다.

그러나 엔하는 코웃음을 쳤다.

"아직 대가리에 피도 안 마른 놈이 알긴 뭘 알아."

"……."

제법 넉살이 좋은 레논이 할 말을 잃었다.

테오발트는 혀를 끌끌 찼다.

"쯧쯧, 말버릇이 고약한 공주님이로군."

엔하는 눈꼬리를 올리고 테오발트를 노려보았다.

하지만 테오발트는 꿈쩍도 하지 않았다.

"엔하 공주, 마족의 시체를 처분하는 방법을 아십니까?"

마족의 시체는 함부로 다뤄선 안 된다고 들었다.

사악한 마력이 담긴 피와 살점이 주위 동식물에 나쁜 영향을 미치기 때문이다.

매장을 할 수도 없고, 화장을 생각해 보았지만 그것도 안전한지 확신이 서지 않았다.

테오발트는 턱을 어루만지며 엔하가 들고 있는 활에 시선을 주었다.

"빛의 신궁 가르시아. 그 활이라면 해답이 나올 것 같기도 한데……."

"네가 끝까지 허튼소리를 지껄일 셈이냐."

"당신은 언제까지 나와 입씨름이나 하고 있을 생각입니까?"

테오발트는 손을 내밀어 호운의 시체를 가리켰다.

엔하는 살기 어린 눈빛으로 테오발트를 노려보았다.

그러나 잠시 뒤 그녀는 활시위를 당겼다.

화살은 필요치 않다.

손이 닿는 순간 한줄기 빛이 시위에 걸렸다.

"신궁 가르시아에는 세상의 모든 사악한 것을 정화하는 힘이 있다."

푹!

빛의 화살이 호운의 심장에 정확히 파고들었다.

심장 부근을 중심으로 이내 몸뚱이가 시커멓게 타 들어가기 시작했다.

검은 재만 남기까진 긴 시간이 걸리지 않았다.

신궁이 만들어내는 빛의 화살은 마족이나 마물의 신체를 태우고 동시에 힘의 근원인 마력을 파괴한다.

한편, 마법사는 똑같이 마력을 써도 신궁에 타격을 받지 않는다.

마족의 힘을 빌려서 쓰고 있을 뿐, 실제로 사악한 힘을 지니고 있진 않기 때문이다.

마법사가 빛의 화살을 맞는다면 타서 재가 되는 게 아니라 몸뚱이에 구멍이 뚫리게 되리라.

"있을 수 없어……!"

바늘로 찔러도 피 한 방울 안 나올 것 같이 보이던 엔하.

그녀가 크게 동요하며 턱을 파르르 떨었다.

신궁의 화살에 맞아 재로 변했다는 것은 그 시체가 진짜로 마족임을 증명하는 것이었다.

파스스.

검은 재가 바람에 흩어졌다.

테오발트는 재에서 쉽게 눈을 떼지 못했다.

그는 다시 한 번 자문했다.

어째서 이다지도 우울한 기분이 드는가?

"되돌아간다."

답을 찾지 못한 채 테오발트는 유적을 등졌다.

*　　　*　　　*

일행은 은신처로 되돌아왔다.

곧장 그곳을 떠나지 않은 것은 해야 할 일이 남아 있었기 때문이다.

우선 은신처 주위에 서식하고 있는 마물이 난동을 부리지 못하도록 마법진을 새로 고안해야 했다.

호운에게 살해당한 마을 사람들과 사해의 마법사의 시체를 화장하는 일도 있었다.

시체는 정말 끝도 없이 많았다.

발에 치이는 시체가 너무 많아 제대로 걸을 수도 없었다.

엔하는 창백한 얼굴로 그 참상을 바라보았다.

그녀는 성력의 흔적을 느끼고 곧장 유적으로 달려왔기 때문에 다른 이들과는 달리 마을 사람들이 몰살당한 것을 모르고 있었다.

그녀는 순간적으로 과거의 환상을 보았다.

150년 전 마족 앙브라스가 사악한 마법사들을 이끌고 대륙을 침공했다.

가는 곳마다 시체가 밟히지 않는 곳이 없었다.

마을은 썩어 짓물러 버린 시체가 점령한 지 오래고, 몇 안 되는 생존자들은 모두 깊은 산속에 숨어서 하루하루를 공포에 떨어야만 했다.

"……"

엔하는 가벼운 한기를 느끼며 스스로 팔을 감쌌다.

그때 사해의 마법사 하나가 시체를 들고 근방을 지나다가 그녀와 눈이 마주쳤다.

사해의 마법사는 피식 웃더니 맹독이 가득한 녹색 혀를 길게 빼서 시체를 핥았다.

지직— 하고 시체의 살점이 타 들어갔다.

엔하는 신궁을 힘껏 움켜쥐었다.

마법사는 킬킬 조소를 흘리며 그녀를 지나쳤다.

"뭘 하는 건가?"

테오발트가 그 광경을 보다가 마법사를 따로 불러 물었다.

마법사는 넉살 좋게 웃었다.

"하하, 그냥 약간 장난을 쳤을 뿐입니다."

"그렇군."

테오발트는 수긍했다.

그리고 뜬금없이 검을 뽑아 마법사의 어깨를 찔렀다.

완전히 방심하고 있던 마법사는 뒤늦게야 컥! 신음 소리를 냈다.

테오발트는 눈 하나 깜짝 않고 검을 비틀어 상처를 크게 헤집었다.

그리고 검을 위로 당겨 한쪽 팔을 완전히 잘라 버렸다.

"크아아아악!!"

마법사는 어깨를 움켜쥐고 비명을 질렀다.

테오발트는 팔뚝을 주워 마법사에게 던져 주었다.

"나도 장난 한번 쳐봤다."

"큭. 끄윽."

경련을 일으키던 마법사는 제 팔뚝을 집어 들고 엉금엉금 기어서 물러났다.

그는 평범한 인간이 아니기 때문에 팔뚝 정도는 금방 다시 붙일 수 있다.

그래도 고통이 없다고 할 수는 없다.

그때 엔하가 눈을 크게 뜨고 말했다.

"대단하군. 아직 솜털도 벗지 못한 나이에 그만한 힘을 가지고 있다니 놀라울 따름이구나. 무슨 배짱으로 마법사를 부리겠다고 자신했는지 이제 알겠다."

그녀는 손가락으로 테오발트를 가리켰다.

"하지만 그건 아주 얄팍한 생각이다. 마족이 자신을 적대시하는 마법사에게 마력을 빌려줄 리 만무하고, 마력을 잃어버린 마법사는 이빨 빠진 개새끼나 다름 아니니 마족과 대적하는데 하등 도움이 되지 않는다. 너절한 마법사들은 입바른 말을 늘어놓으며 돕는 척하다가 마족이 나타나는 순간 네 뒤통수를 칠 것이다. 네놈은 쥐꼬리만 한 힘만 믿고 자만심에 빠져 일을 그르치고 있어!"

테오발트가 나지막하게 한숨을 쉬며 물었다.

"엔하 공주, 내 대답을 듣고 싶습니까?"

"어디 한번 지껄여 봐라."

테오발트는 태연히 근처에서 의자를 끌어와 앉았다.

그리고 품에서 부러진 담뱃대를 꺼내 입에 물었다.

모든 행동이 끝날 때까지 상당한 시간이 걸렸다.

한참 뒤 그가 입을 열었다.

"그렇다면 다시 한 번 질문해 보십시오, 요조숙녀처럼 다소곳하게 서서."

엔하의 눈썹이 위로 매섭게 치켜 올라갔다.

"오만방자한 놈! 당장 상답하지 못하겠느냐?"

"너는 요정들의 공주지, 나의 공주가 아니다. 내가 왜 네 질문에 답해야 하느냐?"

테오발트는 존대마저 집어치웠다.

그는 버릇없는 꼬마를 무한정 받아주는 성격이 아니다.

엔하는 도끼눈을 뜨고 있다가 뜬금없이 한마디 했다.

"공주가 아니다. 나는 요정 족의 여왕이다."

테오발트는 뒤늦게 고개를 끄덕였다.

"아아, 신마전쟁으로부터 150년이나 지났는데 아직도 공주님일 리가 없겠군. 여왕이라… 한데 요정이 그렇게 오래 살던가?"

인간의 수명이 70년 내외라면 요정의 수명은 그 두 배 정도인 150년 정도다.

물론 개인차가 있게 마련이므로 장수하는 요정은 200년 가까이 살기도 한다.

하지만 나이를 먹은 만큼 기력이 쇠하고 활동성이 둔해져야 했다.

그런데 올해로 188세가 되는 엔하는 여느 젊은이들처럼 활발하게 활동하고 있었다.

테오발트의 의문에 엔하가 말했다.

"내가 왜 네놈의 질문에 답해야 하지?"

"……."

테오발트는 어깨를 들썩였다.

똑같은 말로 되갚아주겠다는 발상이 귀엽긴 하다.

그는 턱짓을 해 박학다식한 악터스를 불러왔다.

"그녀가 타 요정보다 수명이 긴 것은 신궁 가르시아의 주인이기 때문일 것으로 추측된다. 소드 마스터의 경지에 다다른 인간이 보통 인간보다 오래 사는 것과 비슷한 경우라고 할 수 있다."

해답은 아주 간단히 나왔다.

엔하는 죽일 듯이 악터스를 노려보았다.

그때였다.

하늘 위에서 작은 빛무리가 내려왔다.

처음에는 반딧불로 여겼다.

그러나 반딧불이라 하기엔 크기가 너무 컸고 기척도 달랐다.

"뭐지?"

"요정이로구나. 공주님을 찾으러 온 모양이로군."

레논의 의문에 테오발트가 대답했다.

추측은 정확했다.

그것은 스스로 빛을 내는 손가락만 한 크기의 요정들이었다.

차랑차랑.

투명한 두 쌍의 날개가 움직일 때마다 방울 소리 비슷한 것을 냈다.

요정들은 엔하의 주위를 맴돌며 갑자기 강하게 빛을 발했다.

잠시 후 손바닥만 하던 요정들이 놀랍게도 인간과 비슷한 크기로 둔갑했다.

모두 깨물어주고 싶을 만큼 귀여운 십사오 세가량의 소녀들이었다.

꼬마 요정 중 두 명은 어울리지도 않는 검을 뽑아 들고 마법사들을 경계했다.

그리고 남은 한 명이 굳은 표정으로 엔하의 앞에 무릎을 꿇었다.

"여왕님! 호위도 없이 왕궁을 떠나시다니 변이라도 당하면 어찌하려고 이러십니까!"

"사악한 마법사들이 세상에 나타나면 무슨 일이 일어날지 모른다. 손 놓고 구경만 하고 있을 수는 없지 않은가."

"여왕님께서 직접 움직이는 것은 최후의 방법이라 사료됩니다. 부디 신중해 주십시오! 여왕님께서 갑자기 자취를 감추셔서 왕국은 혼란스런 상태입니다."

"국정을 보는 것은 쿠야 공주가 더욱 능하지 않더냐. 내 소임은 어울리지도 않는 여왕 노릇이 아니라 사악한 마법사를 저지하고 어리석은 인간을 교화하는 것이라고 생각한다."

엔하는 고개를 돌려 테오발트를 노려보았다.

그에 반해 테오발트는 그녀에게 관심을 끊은 지 오래다.

그는 어수선해진 마법사들을 모아서 지시를 내리고 있었다.

빌로 대공은 마법진을 재구축하기 위해서 탑으로 향했고, 나머지 대다수는 시체를 한곳에 묻고 화장을 시작했다.

엔하는 철저하게 무시를 당한 셈이다.

레논이 난감한 표정으로 테오발트의 어깨를 붙잡았다.

"이봐, 그녀는 신마전쟁의 영웅이다. 살아 있는 전설 중 하나지."

“그런데?”

“보통은 동경 어린 눈빛으로 바라보기 마련이란 말이다. 너는 정말, 조금도 그녀에게 관심이 없냐?”

“글쎄.”

테오발트는 아무렇게나 대꾸했다.

이래서야 그녀가 전설의 영웅이 아니라 하늘에서 내려온 여신이라도 관심을 보이지 않을 것 같다.

그러나 레논은 예의 영웅에게 관심이 무척 많았다.

내친김에 그는 곧장 엔하에게 다가갔다.

속물적인 일에 너무 무심한 척할 필요 없다는 것을 근래에 깨달은 바 있다.

“이게 무슨 짓이냐, 무엄한 놈!”

낯선 이가 접근하자 꼬마 요정들이 당장 언성을 높였다.

한 명은 허리에 찬 세검에 손을 올리기도 했다.

레논은 그것이 장식용이 아니라는 것을 깨달았다.

가까이서 보니 요정들의 기도가 범상치가 않았다.

귀여운 소녀의 모습을 하고 있지만 아마 엔하를 호위하는 기사쯤 되지 않을까 예상했다.

“잠깐 기다려.”

엔하는 요정들을 뒤로 물렸다.

테오발트를 대할 때와는 달리 한결 누그러진 목소리로 그녀가 말했다.

"너를 알고 있다. 스톰폴트 왕국이 자랑하는 소드 마스터 레논 이글아이. 너도 테오발트의 말에 찬동하는가?"

"사실 저도 사해의 마법사들을 대하는 것이 무척 꺼림칙합니다."

"하면 앞으로는 내 일에 협력하도록 하라. 테오발트는 지금 큰 과오를 저지르고 있다. 더 큰 과오를 저지르기 전에 그를 막아야만 한다!"

레논은 고개를 저었다.

엔하는 눈을 가늘게 떴다.

"왜지?"

"녀석을 안 지 녁 달밖에 안 된 제가 할 말은 아닌 것 같습니다만, 테오발트는 믿을 만한 녀석입니다. 제 직감은 잘 맞아떨어지는 편이죠."

"직감 따위로 통용될 문제가 아니다!"

레논은 갑자기 삽을 내밀었다.

"일단은 작업을 도와주지 않으시겠습니까. 테오발트를 못마땅하게 여기시는 것은 알지만, 죄없이 죽은 인간들을 묻어주는 일입니다."

"……"

엔하는 한참 뒤 삽을 받아 들었다.

모든 작업을 마치는데 꼬박 일주일이 걸렸다.

일행은 은신처가 숨겨진 산을 내려와 근처에 위치한 마을에 잠시 들렀다.

웅성웅성.

예상했던 바였지만 일행은 사람들의 엄청난 시선을 받았다.

사해의 마법사들은 마력을 감추고 있었기에 오히려 관심 밖이었다.

문제는 요정이 넷이나 동행하고 있다는 사실이다.

"사람들의 심정이 이해가 가는군요."

레논이 웅성거리는 마을 사람들을 둘러보며 말했다.

길고 뾰족한 귀. 투명하고 하늘거리는 하늘색, 녹색의 머리카락.

이야기로만 듣던 요정이 실제로 눈앞에 있는데 신기하게 여기지 않는 것이 이상했다.

"내 눈엔 인간들이 훨씬 신기하게 생겼다."

엔하가 무뚝뚝하게 대꾸했다.

그러나 말을 하는 도중에도 눈은 테오발트의 뒤통수에 고정되어 있었다.

테오발트는 엔하를 거의 상대해 주지 않았지만 엔하는 항상 테오발트에게 적의를 불태웠다.

레논이 장난기를 담아서 말했다.

"엔하님, 언제까지 테오발트만 바라보실 생각입니까? 이제는 제 마음도 받아주십시오."

"꼴값을 떤다."

레논은 크게 무안해하지 않았다.

그는 테오발트의 말투에 금방 익숙해진 것처럼 엔하의 말투에도 금방 익숙해졌다.

오히려 외모와 상반되는 그녀의 말투가 무척 흥미로웠다.

레논은 장난기를 지운 뒤 다른 화제를 꺼냈다.

"제 개인적인 생각입니다만, 엔하님께서 처음 선언한 대로 테오발트를 처단할 생각이었다면 이런 식으로 동행을 할 이유가 없다고 생각합니다. 당신은 테오발트를 설득하고 싶은 것이 아닙니까? 또한, 굳이 설득을 원하는 것은 아마도 테오발트가 지그문트님의 후예, 베르그이젤 백작가의 사람이기 때문이겠지요."

"제 후손이 무슨 짓을 하고 있는지 안다면 지그문트가 피눈물을 흘릴 것이다."

엔하는 이제 전설 속의 인물이 된 지그문트의 이름을 자연스럽게 입에 올렸다.

그것을 통해서 그녀가 한때 지그문트와 고락을 함께한 동료였음을 느낄 수 있었다.

문득 레논은 의문을 느꼈다.

"지그문트님은 신마전쟁이 끝난 뒤 갑자기 행방불명이 되었습니다. 혹시 해서 묻는 것이지만 엔하님은 그분의 행방을 알고 계십니까?"

"지그문트에 대한 모든 것은 세간에 알려진 대로다. 앙브라스를 물리친 뒤, 그는 누구에게도 말하지 않고 갑자기 모습을 감추었다. 내가 어찌 알겠는가, 그가 어디로 떠나 버렸는지를."

그녀는 눈을 내리깔았다.

긴 속눈썹이 눈가에 깊은 그늘을 드리웠다.

"어째서 떠나 버렸는지……."

말꼬리가 가늘게 흔들리는 것을 레논은 분명히 느꼈다.

그 순간 어떤 깨달음이 그의 머리를 강타했다.

어째서일까, 갑자기 말문이 막혔다.

한참 뒤에야 레논은 간신히 입을 열 수 있었다.

"…혹시 엔하님과 지그문트님은 연인 사이였습니까?"

미처 생각하지 못했지만 생사고락을 함께한 두 남녀 간에 사랑이 싹트는 것은 매우 자연스러운 일이다.

"당치도 않은 소리!!"

그때 엔하가 갑자기 벌컥 소리를 질렀다.

레논이 깜짝 놀랐을 정도였다.

"지그문트에겐 이미 아내와 자식이 있었다! 네가 감히 나를 능멸하려 드느냐!"

"아!"

레논은 머쓱한 표정을 지었다.

자신답지 않게 얼빠진 질문을 했다는 것을 깨달은 탓이다.

영웅 지그문트가 갑자기 행방을 감춘 뒤로도 그의 후손들은 계속 베르그이젤 백작가의 명맥을 이어갔다.

실제로 테오발트는 지그문트의 고손자이기도 하다.

그건 신마전쟁이 일어나기 전에 지그문트가 이미 결혼을 해서 가정을 가졌다는 뜻이다.

만약 지그문트와 엔하가 눈이 맞았다면 그건 세기의 둘도 없는 추문이 됐을 것이다.

세상을 구한 두 영웅이 불륜을 저지른 셈이니까.

레논은 잠시 엔하의 얼굴을 응시했다.

두 영웅은 결코 하늘에 부끄러운 짓을 하지 않았을 것이다.

그러나 속내는 어떠했을까?

여관을 고른다고 분주해졌기 때문에 직접 물어볼 수는 없었다.

"요정 공주와 그새 많이 친해진 것 같더구나."

“공주가 아니라 여왕이다. 그리고 네 욕은 안 했으니 걱정 마.”

“그녀는 참한 처녀처럼 보이지만 실상은 죽을 날이 코앞인 호호 할머니다. 괜찮겠느냐?”

여장을 풀던 레논은 문득 고개를 들어 테오발트를 쳐다봤다.

“그게 무슨 뜻이냐?”

“하긴 사랑엔 국경도 없다는데 그깟 나이가 대수랴.”

테오발트는 혀를 끌끌 차며 웃었다.

하지만 레논은 인상을 쓰고 언성을 높였다.

“괜히 넘겨짚지 마라! 나는 엔하님에 대해 궁금한 게 많을 뿐이야!”

테오발트도 눈살을 찌푸렸다.

“징그러운 놈, 사춘기 소녀도 아닌 놈이 웬 수줍음을 그리 타느냐?”

“징그럽……!”

“어디 한번 들어보자. 그 버르장머리 없는 공주님의 어디 가 그리도 좋지?”

“그런 게 아니라고 말하잖아. 사람 말을 들어!”

“알아보니 요정 공주의 부군은 옛날에 먼저 세상을 떴다고 하더구나. 다행히 윤리적으로 문제가 될 일은 없을 것 같다.”

“내가 말을 말자.”

레논은 입을 꾹 다물고 짐을 정리하기 시작했다.

"재미없군."

테오발트는 부러진 담뱃대를 입에 물었다.

좀 전까지의 웃음기는 온데간데없고 얼굴에 그늘이 드리웠다.

근래 들어 계속 기분이 안 좋았다.

레논을 꼬드겨 기분 전환이나 해볼까 했지만 괘씸하게도 녀석은 협조해 줄 생각이 전혀 없는 듯했다.

무료하게 하루가 저물어갔다.

두 사람은 방 안에서 휴식을 취하다가 저녁식사를 위해 일층 식당으로 내려왔다.

그런데 깜찍하게 생긴 소녀가 식당 한쪽에 꼿꼿이 서 있었다.

그녀는 엔하를 호위하는 세 요정 중 하나로, 먼저 식당에 내려와 주위를 경계하는 중이었다.

식당 손님들과 종업원들은 그녀를 힐끗거리며 쉴 새 없이 속삭였다.

"대체 저 여자 아이의 정체가 뭘까?"

"요정이라고 하던데 그 말이 진짜일까?"

"네가 가서 한번 물어봐."

하지만 마음과는 달리 그녀의 근처에 접근하는 것조차 쉽지 않았다.

그녀가 세검 위에 한쪽 손을 올린 채 접근 불가의 의사를 강하게 발산하고 있었기 때문이다.

모든 이들이 눈치만 보고 있는 와중이었다.

테오발트가 성큼 요정이 버티고 서 있는 탁자로 다가갔다.

그곳을 제외하고는 빈자리가 없었기 때문이다.

요정은 한 걸음 물러나며 테오발트를 경계했다.

그러나 더 이상의 행동은 보이지 않았고, 테오발트가 다가오자 의자까지 빼주었다.

"친절하군."

테오발트는 간단히 인사를 하고 자리에 앉았다.

그 순간 요정이 의자를 잡고 뒤로 빼냈다.

꼬마 요정은 아닌 척 고개를 돌리고 있었지만 내심 요란하게 엉덩방아 찧는 소리가 나길 기대했다.

하지만 아무 일도 일어나지 않았다.

테오발트가 자리에 앉지 않았기 때문이다.

그와 요정 간에 침묵이 오갔다.

"이건 질 낮은 장난인가, 아니면 나를 모욕하겠다는 의사 표명인가."

요정은 순간 울컥했는지 언성을 높였다.

"질이 낮은 장난이라 미안하군!"

“사과는 받아주지.”

테오발트는 의자를 끌어당겨 다시 자리에 앉았다.

인간들이 생각없이 언급하는 말 중에 ‘장난꾸러기 꼬마 요정’ 이라는 말이 있다.

그런 관용구가 생긴 데는 분명히 이유가 있었다.

요정들은 하나같이 앳된 어린아이의 모습을 하고 있을 뿐 아니라, 은근히 장난치는 것을 즐겼다.

“아주 따분한 놈이로군.”

질이 낮다는 말에 앙금이 남은 요정이 이죽거렸다.

그때 테오발트가 갑자기 몸을 돌려 앉았다.

“그래, 요즘 내가 너무 따분하구나. 내 웃고 있어도 진짜 웃는 것이 아니다. 언제나 즐거운 꼬마 요정아, 네가 재주를 부려 나를 유쾌하게 만든다면 네가 소원하는 것을 하나쯤은 들어주겠다.”

요정의 눈초리가 위로 치켜 올라갔다.

“네 까짓 게 무엇이기에 내 소원을 들어주겠다는 것이냐?”

“내게 바라는 것이 몇 가지 있지 않던가? 이를테면 마법사를 모으는 것을 그만두고 앞으로 조용히 살아가라든지.”

‘테오발트?

레논은 조금 당혹스러운 기분으로 테오발트의 의중을 파악하려 했다.

그가 아는 테오발트는 입 밖으로 꺼낸 말은 확실히 지키는 인물이다.

정말 그런 걸로 모든 계획을 포기하겠다는 것인가?

물론 테오발트는 진심이었다.

최근 들어서 귀찮은 일일랑 전부 집어치우고 싶은 마음이 가끔씩 들었다.

아무도 모르는 곳에 그냥 처박혀서 살면 어떨까.

왜 이렇게 우울한지는 잘 모른다.

하지만 언제부터 이런 증상이 생겼는지는 안다.

정확히 호운이 죽고 난 뒤부터였다.

테오발트의 제안에 요정은 잠시 무심한 척했다.

하지만 이내 눈을 반짝거리면서 슬쩍 물었다.

"지금 나와 내기를 하자는 것인가?"

"내기라고 할 수도 있겠다. 요정들은 장난을 좋아할 뿐 아니라 내기를 하는 것도 좋아하는 모양이군."

"흥, 꽃술과 내기가 없다면 무슨 낙으로 인생을 살아간단 말이냐."

요정은 기세 좋게 말하며 팔을 둥둥 걷었다.

한번 해보자는 뜻이다.

"멈춰!"

그때 2층 계단 쪽에서 서릿발처럼 차가운 목소리가 내리꽂

했다. 엔하가 거친 걸음으로 식당으로 내려왔다.

그녀는 제 앞을 가리키며 말했다.

"란랑, 이리 오너라."

란랑이라 불린 요정은 조금 당황해서 복장을 바로 하고 엔하의 앞으로 달려갔다.

순간 엔하가 그녀의 뺨을 사정없이 후려갈겼다.

짜악!

날카로운 소음이 식당 안을 크게 울렸다.

사람들은 숨을 훅 삼켰다.

주위가 놀라든 말든 엔하는 근처의 여러 마법사들을 가리켰다.

"주위를 둘러보라. 저기 사악한 마법사들은 네까짓 것 정도는 눈 감도고 베어버릴 수 있다!! 예가 어디라고 적과 노닥거리며 장난질을 친단 말이냐!!"

"저, 전 그저……."

란랑은 억울한 듯 얼굴을 붉혔다.

상황을 보고 있던 테오발트가 한마디 했다.

"그리 호들갑 떨 일도 아니다. 무엇보다도 장난을 좋아하는 것은 요정 족의 천성이 아닌가?"

"닥쳐라. 욕망이 동하는 대로만 움직인다면 아무데나 똥오줌을 싸지르는 짐승과 무엇이 다른가?"

"쯧쯧, 따분한 공주님이로군."

테오발트는 혀를 찼다.

조금 전에 요정이 썼던 말을 그대로 사용한 것이다.

그 말을 들은 엔하가 순간적으로 귀를 움찔했다.

아주 잠깐 사이의 일이었기에 그걸 본 사람은 많지 않았다.

"여왕 폐하, 말씀을 깊이 새겨듣겠습니다."

란랑은 머리를 조아리며 진심으로 잘못을 뉘우치겠다고 답했다.

그녀는 자유로이 신궁을 다루며 세상을 멸망의 위기로부터 구한 여왕을 마음속 깊이 존경하고 있었다.

잠깐 동안의 소란은 쉽게 마무리되었다.

하룻밤을 여관에서 쉰 뒤 일행은 다시 수도를 향해 떠날 준비를 했다.

다들 분주한 가운데 테오발트만이 한가했다.

실은 그도 이것저것 짐을 꾸리고 있었지만 특유의 분위기 때문에 그렇게 보였다.

부러진 담뱃대를 입에 물고 있던 테오발트는 불현듯 창밖을 내다보았다.

잠시간을 그렇게 있던 그는 이내 고개를 돌렸다.

"무슨 일이야?"

레논이 물었다.

"요정 공주가 청승을 떨고 있군."

"공주가 아니라 여왕이라니까. 그런데 엔하님이?"

레논은 창밖을 내다보았다.

엔하가 팔짱을 낀 채 여관 입구에서 묵묵히 서 있었다.

그저 그뿐이고, 딱히 청승을 떤다는 느낌은 받을 수 없었다.

하지만 테오발트가 없는 말을 하진 않았을 것이다.

테오발트는 무심한가 싶다가도 은근히 눈치가 좋았다.

신경이 쓰이는지라 레논은 일단 여관 입구로 나갔다.

그런데 레논이 무슨 말을 걸기도 전에 엔하가 먼저 입을 열었다.

"테오발트 그놈과 무슨 이야기를 했지? 창문을 통해 내 모습을 엿보았다는 사실을 알고 있다."

"당신이 우울해 보인다는 이야기를 했습니다."

순간 엔하의 표정이 흔들렸다.

자신의 속내를 읽어낸 것이 당황스러웠기 때문이다.

그녀의 무표정을 꿰뚫어 볼 줄 아는 이는 그리 많지 않았다.

"네까짓 것들이 나에 대해 무엇을 안다고!"

"물론 많은 것을 알고 있진 않습니다."

레논은 자세히 캐묻는 대신 여유를 남기고 대답했다.

그는 화술에 능한 사람이었고, 예민한 사람을 상대로 조급하게 굴어서는 안 된다는 것을 알고 있었다.

시간을 두고 기다리자 과연 엔하가 스스로 입을 열었다.

"내가 요정답지 않다는 사실쯤은 나도 알고 있다. 나는 타인을 즐겁게 할 줄도 모르고, 다른 아이들처럼 귀엽지도 않다."

엔하는 고령의 나이가 무색할 만큼 젊고 아름다웠다.

하지만 그건 인간들의 관점이다.

요정들은 본래 아무리 나이를 먹어도 언제나 풋풋하고 사랑스러운 소녀의 모습을 유지한다.

그러나 엔하의 외모는 소녀라기보다 기품있고 근엄한 여인의 모습이었다.

성격 또한 보이는 것 이상으로 무뚝뚝하고 엄격했다.

'따분한 녀석 같으니!'

그건 요정들이 가장 싫어하는 말 중에 하나다.

요정이라고 매일 장난만 치며 사는 것은 아니지만 가끔씩은 재치있게 말을 받아칠 줄도 알아야 한다고 생각하기 때문이다.

엔하가 말을 이었다.

"하지만 내 고민을 들은 그는 크게 웃으며 이렇게 말했다.

나의 엄격함이 사악한 무리들과의 치열한 전투에서 살아남는
데 큰 도움이 되었노라고. 내가 다른 요정들과 다른 것은, 어
쩌면 대업을 대비한 창조모신의 안배였으리라."

"……."

레논은 '그'가 누구냐고 묻지 않았다.

묻지 않아도 알 수 있을 것 같았다.

지그문트.

어느 날 소리 소문 없이 세상에서 사라져 버린 위대한 영웅.

레논은 저 깊은 곳에서 뜨거운 불길이 밀려오는 것을 느꼈
다.

그것은 사내로서의 호승심이며 질투였다.

"엔하님, 일부러 큰 의미를 부여하지 않아도 당신은 충분
히 귀엽습니다."

"입바른 말은 개새끼한테나 던져 줘라."

그녀는 가차없이 레논의 말을 거짓말로 치부하고 등을 돌
렸다.

그러나 레논은 그녀의 뒷모습에서 눈을 떼지 않았다.

대륙 북부의 모든 물자가 오가며 수많은 인재가 모여드는
스톰폴트 왕국의 수도.

보름간의 여정 끝에 일행은 드디어 목적지에 도착할 수 있

었다.

성 내로 들어온 테오발트는 고개를 갸우뚱했다.

"뭔가 굉장히 들뜬 분위기로군. 축제일이 가까워진 건가?"

"그럴 리가. 수확철도 아니고 이 시기에 축제는 없을 텐데."

레논이 고개를 저었다.

그러나 축제라도 열린 것처럼 거리에 활기가 넘치고 있는 것은 사실이었다.

얼마쯤 더 가니 길거리 한쪽에 사람들이 모여 있었다.

음유시인이 노래를 부르고 있었는데 그것을 구경하기 위해서이다.

밤은 어두워 별조차 눈을 가리고
무수히 젊은 영혼을 빼앗았던
그날 두렵던 붉은 이빨의 앙브라스가 내지른 포효는
세상을 삼켰지만,
그대 있어 사랑하던 노래 다시 부를 수 있게 되었다오.

푸른 눈의 영웅이여, 위대한 지그문트여,
그대 그 영광은 영원히 별이 되리라.

그대 그 눈물의 호수에서,
그대 그 절망의 숲에서,
성검 한 자루 움켜쥐고 당당히 서서
아픈 바람 맞으며 악마의 심장을 가르니,
그대 있어 사랑하던 사람 다시 볼 수 있게 되었다오.

푸른 눈의 영웅이여, 아름다운 지그문트여,
그대 그 영광은 영원히 별이 되리다.

신마전쟁의 영웅 지그문트를 찬양하는 노래였다.

노래가 끝나자 사람들은 바구니 안에 동전을 던지며 한 곡
더 불러달라고 요청했다.

"의외로 장사가 잘 되는군. 나도 아쉬우면 노래나 부르며
살면 되겠어."

테오발트가 수북하게 쌓인 동전을 보며 한마디 했다.

엔하가 물었다.

"노래를 잘 부르나 보지?"

"그럭저럭."

"지그문트도 노래를 잘 불렀지. 과연 한 핏줄이로군……."

그녀는 말끝을 흐렸다.

지그문트를 언급할 때면 그녀는 때때로 슬픈 표정을 짓곤

했다.

테오발트는 고개를 떨군 엔하를 보며 중얼거렸다.

"담뱃대를 구해야 할 텐데……."

그는 엔하에게 전혀 관심이 없다.

담뱃대를 사기 위해 근처 상점가에 잠시 들르기로 했다.

원래 여러 상점들이 모여 있는 상점가는 대단히 번화한 지역이다.

그런데 이상하게도 가면 갈수록 인적이 드물어지기 시작했다.

광장 근처에 다다랐을 때 일행은 걸음을 멈추었다.

전방의 모든 건물과 나무 따위가 박살이 나 있었다.

마치 지진이라도 난 것 같았으나 파괴된 지역이 일정한 것으로 보아 그것은 아니다.

"설마 마법사들이……?"

수도에 남아 있던 마법사들이 난동을 부렸을 가능성을 따지며 레논이 얼굴을 굳혔다.

지금 상황에서 가장 타당성이 높은 추측이었다.

그러나 악터스는 손으로 파괴의 흔적을 짚어보며 고개를 저었다.

"이쪽에 있는 모든 건물들은 단번에 파괴된 것이다. 여러 차례 공격을 가한다면 이 정도는 어렵지 않으나 한 번이라는 제한이 걸린다면 글쎄, 나로서도 장담하기 힘들군."

그 말을 다시 해석하면 사해의 마법사보다 더욱 강한 누군가가 습격을 했다는 뜻이다.

순간 모든 일행은 똑같은 생각을 떠올렸다.

마족!

"어, 어째서 수도를 공격한 거지? 설마 마법사들을 잡아들이러?"

마법사 하나가 새파랗게 질려서 중얼거렸다.

사해로 되돌아가서 마족에게 다시 마법을 전수받고 싶은 것은 맞다.

하지만 혼란한 상황에서 갑자기 사해로 끌려간다면 무슨 꼴을 당할지 알 수 없다.

테오발트는 고개를 저었다.

"마족 놈들이 칙칙한 마법사나 잡으러 여기까지 쳐들어왔을 것 같지는 않군. 지금으로서는 에스트리트 공주를 노리고 왔을 가능성이 가장 크구나."

"갑자기 에스트리트가 왜 나와?"

레논이 황당한 얼굴을 했다.

물론 테오발트에겐 에스트리트 공주가 가장 사랑스럽고 중요할지 모르나 마족에겐 아니다.

그러나 사정을 아는 마법사들은 입을 꾹 다물었다.

불사왕이 아끼고 소중히 여기는 여인, 마족들이 노릴 만하다.

빌로 대공은 고개를 갸우뚱했다.

"한데 공주님이 큰일을 당했을지도 모르는데 테오발트 자네는 어찌 이렇게 태연한가?"

"일국의 공주가 변을 당했다면 수도가 이렇게 조용할 턱이 없습니다."

"아, 그렇군."

그제야 대공은 고개를 주억거렸다.

"어쨌든 왕궁으로 돌아가야겠습니다."

테오발트는 걸음을 옮겼다.

담뱃대는 다음 기회로 미루어야 할 것 같다.

일행이 전부 떠나고 가장 늦게 움직인 것은 레논이었다.

그는 폐허가 된 광장 일대를 다시 한 번 둘러보면서 눈살을 찌푸렸다.

"에스트리트는 둘째 치고, 수도의 일부가 파괴되는 사건이 있었는데도 어째서 축제 분위기인 거지?"

*　　*　　*

스톰폴트의 국왕은 오랫동안 깊은 시름에 빠져 있었다.

그 원인은 스톰폴트 국내에 체류 중인 사백여 명의 사해의 마법사였다.

"폐하, 주변 열국에서 사해의 마법사 건으로 서한을 보내왔습니다."

"……."

국왕은 새로 당도한 서한들을 하나씩 읽어보았다.

내용은 예상한 대로였다.

이미 비슷한 내용의 항의 문서들이 산처럼 쌓여 있었다.

마법이 대중화된 상태이지만, 사해의 마법사만큼은 여전히 경계의 대상이다.

그들이 한때 마족의 하수인이었기 때문이다.

어쩌면 사해의 마법사들이 사악한 음모를 꾸미고 있을지도 모르는 일.

이 사태에 가장 먼저 반응한 것은 각계의 신전과 스톰폴트에 적대적인 국가들이었다.

그들은 마법사들의 움직임에 신경을 바짝 곤두세우고 스톰폴트 왕국에 강한 유감을 표했다.

그리고 시간이 흐르자 주변 열국에서도 점차 항의 서한과 사신을 보내오고 있었다.

"아니, 이건 또 뭐야?"

묵묵히 새로운 서한을 꺼내 읽던 국왕이 갑자기 인상을 왈

콱 썼다.

서한을 쥐고 있는 국왕의 손이 점점 분노로 떨려왔다.

결국 그는 서한을 바닥에 내동댕이쳐 버렸다.

당황한 신하들이 서한을 주워 읽었다.

잠시 뒤 그들의 얼굴에도 경악이 떠올랐다.

"감히 국왕 폐하를 상대로 협박질을 하다니! 키루스 대공이자, 혹시 정신이 나간 거 아닌가?"

"결코 좌시할 수 없는 일이오! 지금이라도 당장 군세를 일으켜 키루스 놈들의 씨를 말려 버려야 하오!"

키루스 공국은 이백 년 넘게 스톰폴트 왕국을 대국으로 섬겨온 작은 나라였다.

사실상 속국이나 다름없던 나라마저 시류가 혼란한 틈을 타 큰소리를 치고 있으니 기가 막힐 노릇이었다.

그런데 그건 시작에 불과했다.

국왕은 거친 손길로 외교 서한들을 훑어갔다.

오랜 우방이었던 나라들, 현재 동맹관계인 국가가 일제히 등을 돌리기 시작했다.

"아, 아무리 자국에 명분이 서지 않는다지만, 이건 너무 지나치지 않은가!"

신하들도 크게 웅성거렸다.

"이해할 수 없는 일입니다. 세스날 왕국은 둠 왕국의 압박을 견디다 못해 자국에 손을 벌려왔습니다. 자국이 궁지에 몰린다면 그들도 종국엔 멸망을 면치 못할 것입니다. 한데 어찌하여……!"

"사자왕과 뒷거래라도 있었던 겐가? 기가 막히군! 놈을 어찌 믿고 10년 동맹을 저버린단 말인가!"

동맹국이 갑자기 적대적으로 변한 것에 대해 갖은 추측이 분분했다.

그러나 짐작 가는 바가 없는 것도 아니다.

사해의 마법사 한 명은 소드 마스터 한 명에 준하는 능력을 가졌다.

한마디로 소드 마스터 급의 인물 사백 명이 스톰폴트 왕국 아래 모인 것이다.

이 초유의 사태에 위기감을 느낄 수밖에 없었으리라.

마법사들의 음모니 그런 건 정말로 명분에 불과할 수 있었다.

"모두 조용히 하시오."

국왕은 일단 주위를 환기시켰다.

깊이 심호흡을 하고 스스로도 감정을 다스렸다.

"사해의 마법사들을 불러들인 것은 마귀에 홀린 마링겐 왕비를 처단하기 위함이지, 결단코 스톰폴트 일국의 사욕을 위함이 아니었소! 자국은 현재 큰 곤경에 빠져 있으나 모든 오해가 근시일 내에 풀리게 될 것이라 믿소! 왜냐하면 신의 뜻이 스톰폴트와 함께하고 있기 때문이오!"

스톰폴트 국왕은 여전히 마족 따윈 헛소리라고 생각하고 있었다.

며칠 전까지만 해도 사해의 마법사들을 쫓아내기 위해 골머리를 앓았으며, 급기야 사건의 원흉인 테오발트를 암살할 계획까지 꾸몄다.

그러나 어떤 사건을 계기로 그는 방향을 급선회했다.

그는 단호히 선언하며 팔을 높이 들어 대전 가운데에 올라온 한 자루의 검을 가리켰다.

하얗게 서리가 낀 검날에서 은은하게 성력이 흘러나왔다.

검의 진위를 파악하기 위해 불려온 신관들은 그 아름다운 검신에서 눈을 떼지 못하고 있었다.

얼음 성검 브룬힐트!

백 번의 말보다 이 성스러운 신물이 더 큰 명분을 선사하리라!

국왕은 이어서 대전 한쪽에 꼿꼿이 서 있는 사내에게 물었다.

"그렇지 않소이까? 지그문트 경!"

백발의 사내가 성큼 가운데로 걸어나왔다.

무거운 저음이 대전을 울렸다.

"물론이오. 신의 뜻은 스톰폴트에게 있소. 둠 왕국의 마링
겐 왕비와 사자왕은 그 죗값을 치러야 할 것이오."

신마전쟁의 영웅 지그문트가 스톰폴트의 정당성을 인정했
다!

국왕은 그나마 한시름 내려놓은 기분으로 안도의 한숨을
토했다.

그때 문관이 다급한 걸음으로 달려왔다.

"무슨 일이지?"

"요정 족의 여왕께서 폐하를 알현하길 요청하고 계십니다.
아무래도 사해의 마법사 건으로 방문하신 것 같습니다."

국왕은 눈을 휘둥그레 떴다.

"뭐라고? 요정 여왕이라면 신마전쟁 때 신궁을 들고 활약
을 했던 그 요정 여왕을 말하는 것이냐?"

"예, 제가 직접 신궁 비슷한 것도 보았습니다. 아무래도 틀
림없는 듯합니다."

"이게 무슨 변고인가. 전설의 영웅이 하나도 아니고 둘씩
이나. 이럴 게 아니라 당장 안으로 뫼셔라!"

국왕의 지엄한 명이 떨어지고 대전의 문이 활짝 열렸다.

아름다운 요정 여왕이 세 명의 꼬마 요정을 이끌고 대전 안
으로 들어왔다.

그런데 그들 말고도 대전 안으로 들어오는 자들이 더 있

었다.

테오발트와 레논, 사해의 마법사들이었다.

"폐하, 사해의 마법사 일행도 방금 귀환했습니다."

문관이 뒤늦게 왕에게 귀띔했다.

국왕이 요정 여왕이란 말에 흥분하는 바람에 미처 전하지 못했던 것이다.

'그걸 이제 와서 이야기하다니!'

국왕은 제 행실도 생각하지 않고 애먼 문관에게 역정을 냈다.

하지만 오히려 잘 된 일인지도 모른다.

이참에 관계자를 전부 모아놓고 허심탄회하게 이야기를 나눠보는 것도 좋으리라.

"스톰폴트의 왕이여, 이를 보시오!"

엔하는 신궁을 높이 들어 올리고 자신의 신분을 증명했다.

성스러운 활이 스스로 빛을 내며 성력을 내뿜었다.

국왕은 물론이요, 모든 신하들이 잠시나마 그 위용에 압도되었다.

그녀는 좌중의 앞에서 당당히 선언했다.

"나는 요정 족의 여왕으로서 사해의 마법사를 세상 밖으로 끌어내는 것이 얼마나 위험한 행위인지를 알리고, 경고를 하기 위해서 귀국을 방문했소!"

“여왕이여, 잠시 숨을 고르고 내 이야기를 들어주길 바라
오.”

국왕은 이어서 테오발트를 지목했다.

“테오발트 폰 베르그이젤, 자네에게도 할 이야기가 있네!”

“그에 앞서 에스트리트 공주의 무사 여부부터 알고 싶습니
다.”

테오발트가 불쑥 말하자 국왕은 인상을 썼다.

제까짓 게 뭔데 공주의 무사 여부를 묻는단 말인가?

그것보다도 감히 왕의 말을 무시하다니.

‘흥, 어디선가 에스트리트가 공격당했다는 말을 주워들은
모양이로군.’

“에스트리트는 무사하네.”

국왕의 대답을 듣고 테오발트는 고개를 끄덕였다.

예상대로 그녀는 위기를 잘 넘긴 모양이었다.

시체를 보는 것은 이제 사양하고 싶다.

레티치아처럼 에스트리트의 시체도 끔찍할 터였다.

참을 수 없이 안타깝고 우울하리라.

“흠흠!”

주위를 환기시킨 뒤 국왕은 다시 이야기를 시작했다.

두 주먹을 불끈 쥐고 한껏 분위기를 고조시키며 그는 소리
쳤다.

"에스트리트를 절체절명의 위기에서 구해준 이가 있네! 테오발트 자네라면 그의 정체를 한눈에 알아볼 수 있을 것이야!"

"그의 정체?"

국왕은 눈으로 직접 확인하라는 듯 손을 내밀었다.

지그문트가 천천히 좌중의 앞으로 나와 섰다.

테오발트는 눈을 크게 뜨고 그를 응시했다.

머리카락이 하얗게 센 기이한 사내였다.

한데 어딘가 얼굴 윤곽선이 낯익다.

저 사내는 분명히,

"누굽니까?"

"…으음, 한눈에 알아보는 것은 어려울 수도 있겠군."

국왕이 무안한 듯 얼굴을 붉혔다.

챙캉!

그때 무언가 날카로운 소리가 났다.

빛의 신궁 가르시아가 차가운 대리석 바닥 위를 나뒹굴었다.

엔하가 신궁을 바닥에 떨어뜨린 채 넋이 나간 표정으로 예의 사내를 응시했다.

쥐 죽은 듯한 고요가 대전을 장악했다.

모든 시선이 요정 여왕에게 집중되었다.

"지, 지그문트……?"

그녀의 목소리를 들은 대전 내에 있던 중신들이 탄성을 질렀다.

요정 여왕이 의문의 사내를 영웅 지그문트라고 인정했다.

일말의 의심이 깨끗하게 해소되는 순간이었다.

"오랜만에 뵙습니다. 엔하 공주님."

지그문트는 고개를 숙여 자연스럽게 인사를 건넸다.

그러나 엔하는 제대로 대답조차 하지 못했다.

투명한 푸른색 눈동자가 쉼없이 떨려왔다.

한편 상황을 지켜보던 테오발트가 인상을 찡그렸다.

"저자가 지그문트라고?"

그 반문에 응답하듯 지그문트가 눈길을 주었다.

속내를 알아보기 힘든 무뚝뚝한 표정.

테오발트는 그 얼굴이 마음에 들지 않았다.

"150년 전의 인물이라고 주장하기에 그쪽은 지나치게 젊군. 인간의 수명은 그렇게 길지 않다."

그때 레논이 반대 의견을 냈다.

사실 그는 백발의 사내를 지그문트라고 인정하고 싶지 않았다.

그러나 공은 공이고, 사는 사다.

"요정 족의 여왕께서는 신궁 가르시아의 힘으로 긴 수명을 유지하고 있습니다. 그렇다면 지그문트님도 성검 브룬힐트의 힘으로 장수를 누릴 수 있었을 것입니다."

"햇병아리가 헛소리를 지껄이는군!"

악터스가 크게 코웃음을 쳤다.

"성검에 대한 기록이라면 오히려 사해에 더욱 자세히 남아있다. 성검의 힘을 빌려 수명을 얼마간 더 연장할 수는 있겠으나, 150년이나 지났으니 지금쯤이면 허리가 굽은 노인이되어 있어야만 한다. 인간은 순식간에 늙어 비루한 퇴물로 변해 버린다. 절대로 그 굴레를 벗어날 수 없다. 마법을 손에 넣지 않는 이상은!"

갑론을박이 이어지자 사람들은 서로 눈치만 보았다.

"지금 내 신분을 증명하겠다."

지그문트가 조용히 말하며 손바닥을 앞으로 내보였다.

마치 누군가에게 악수를 청하는 것처럼 보였다.

그러자 대전 한쪽에 놓여 있던 성검이 스스로 움직여 그의손아귀로 날아갔다.

파앗!

주인의 손에 쥐여진 성검은 환희에 가득 차서 검신에 빼곡히 새겨진 문자를 통해 찬란하게 빛을 뿜어냈다.

지그문트는 성검을 과감히 바닥에 내리꽂았다.

쿠웅!

순간 검신에서 얼음이 뻗어 나왔다.

뿌리를 내리듯 대리석 바닥을 점령하며 사방으로 퍼져 나갔다.

"헉!"

사람들은 깜짝 놀라서 뒤로 물러났다.

그러나 얼음은 사람들 코앞에서 멈추었다.

사람들은 안도의 한숨을 내쉬었고 뒤늦게 고개를 들어 주위를 둘러보았다.

사방으로 뿌리를 내린 투명한 얼음기둥은 보석처럼 아름다웠다.

어느새 흰 서리가 공기 중을 가득 메워 사방이 순백색으로 반짝거렸다.

이 모든 얼음과 서리, 안개는 전부 신성력으로 만들어진 것이다.

그 장엄한 광경이란!

지그문트는 고개를 들고 입을 열었다.

"만약……."

그의 시선이 테오발트를 향하고 있었다.

"원한다면 성검을 네게 주겠다."

슬렁!

지그문트는 성검을 뽑아 테오발트에게 건넸다.

얼음으로 바닥에 단단히 고정되어 있는 것처럼 보였지만 성검은 아무런 저항도 없이 쉽게 빠져나왔다.

전해지는 바에 따르면 성검 브룬힐트는 베르그이젤 백작 가문의 사람만이 손에 쥘 수 있다고 한다.

실제로 스톰폴트의 국왕이 시험해봤지만 누구도 성검을 쥘 수 없었다.

자격이 없는 자가 성검에 손을 대면 그 순간 팔 전체가 얼어버렸다.

"……"

테오발트는 물끄러미 성검을 바라보다가 그것을 쥐었다.

그의 손은 얼지 않았다.

또한 지그문트가 검을 사용했을 때처럼 검신 가운데에 새겨진 문자가 빛나며 냉기를 뿌렸다.

"오오!!"

사람들은 다시금 탄성을 질렀다.

성검을 손에 쥐었다!

사해의 마법사를 끌어 모으는 등 수상쩍은 놈이라 생각한 적도 있었지만, 그는 분명 명문 베르그이젤 백작가의 직계였던 것이다.

"흐음."

테오발트는 성검을 앞뒤로 뒤집으면서 감평했다.

명색이 전설의 성검인데, 다소 불손해 보이는 행동이기도 했다.

하지만 그것도 잠시였다.

테오발트는 성검을 바로 원주인에게 돌려주었다.

"마족과 대적하는데 성검이 필요하지 않은가?"

지그문트는 성검을 되돌려받으며 물었다.

"성검이 새로운 주인을 맞이하길 원치 않는다. 얼음 성검 브룬힐트는 오래된 영웅이 마지막 숨을 토하는 그 순간까지 한결같은 모습으로 옆자리를 지킬 것이다."

테오발트는 나른하게 말했다.

마치 고명한 예언가가 미래를 알리듯.

그는 붉은색 눈으로 지그문트를 보았다.

"너는 지그문트 본인이 맞는 모양이구나."

두 사람이 시선을 교환하는 동안 대전을 가득 메우고 있던 얼음들이 천천히 사라지기 시작했다.

물을 흘리며 녹는 것이 아니라 빛을 내면서 사라져 갔다.

그 또한 신비롭고 황홀한 광경이었다.

오직 한 사람만이 황홀경을 느끼지 못한 채 우두커니 서 있었다.

엔하는 무거운 움직임으로 신궁 가르시아를 주워 들고 말했다.

“지그문트여, 친애하는 나의 친우여, 오랜 세월 무엇을 하며 지냈는지 이야기해 주겠는가? 살아 있으면서도 어찌하여 지금까지 단 한 번도 나를 만나러 오지 않았는가.”

엔하의 목소리가 조금 서글프게 느껴졌다.

물론 그녀의 감정을 꿰뚫어 본 것은 소수였다.

테오발트, 그리고 레논이 그중 하나였다.

“험험! 요정 족의 여왕이여, 시간은 얼마든지 있으니 회포는 천천히 풀도록 하십시오. 이쯤에서 슬슬 본론으로 들어갔으면 합니다.”

스톰폴트의 국왕이 헛기침을 내며 말했다.

그에 엔하는 감정을 털어버리고 다시 굳은 표정으로 되돌아갔다.

강인한 여왕의 모습이었다.

“마족의 음모를 분쇄하기 위해서는 힘을 하나로 모을 필요가 있소.”

지그문트가 무뚝뚝한 목소리로 포문을 열었다.

엔하는 즉각 그 말에 반박했다.

“지그문트! 진심으로 하는 소리인가? 마족이 또다시 세상을 침공할 것이리라고 믿는 것인가?”

“그렇습니다, 공주님.”

엔하는 믿을 수 없다는 눈빛으로 지그문트를 응시했다.

그녀는 손으로 가슴을 움켜쥐었다.

"기억나지 않는가, 지그문트! 마족 앙브라스는 실로 악의 화신이라 불릴 만한 족속이었다. 우리들은 성검과 신궁을 들고 영웅이라 추앙받고 있었으나, 기실 사악한 마족과 온전히 대적할 만한 힘을 가지고 있지는 못하였다. 수백, 수천만의 사람이 비천한 영웅에게 미래를 맡기고 목숨을 던졌다. 정말로 길고 끔찍한 싸움이었다. 용맹한 병사들의 시체 더미와 무고한 양민들의 피 웅덩이 위에 앙브라스를 쓰러뜨린 그날, 우리들은 차라리 비통함에 눈물을 흘렸다!"

사람들은 침을 꿀꺽 삼켰다.

신마전쟁 당시 피해가 엄청났다는 것은 다들 알고 있다.

그러나 역사책으로 막연히 배운 것과 당시의 실존 인물에게 직접 듣는 것은 차이가 컸다.

"마족이 다시금 세상을 위협하고 있으며, 이는 진실입니다. 실제로 에스트리트 공주 전하께서 마족에게 위협을 당했습니다."

"대답하라, 지그문트! 그대가 혼자만의 힘으로 공주를 위협하던 마족을 쫓아내었단 말인가?"

"마족은 성검의 힘을 너무 경시했습니다. 그는 브룬힐트의 얼음에 작은 상처를 입게 되자 즉시 그 장소를 떠났습니다.

치명적인 부상을 입었기 때문이 아니라, 마력의 일부가 파괴되는 것을 보고 조치를 취하기 위해서였습니다. 아마도 가까운 시일 내에 그 마족이 다시 한 번 이곳으로 쳐들어올 것입니다.”

“뭐, 뭐라고?”

엔하는 크게 당황했다.

“자, 잠깐만.”

스톰폴트의 국왕도 더듬거리며 끼어들었다.

그는 옛 영웅이 스톰폴트의 손을 들어줌으로써 명분이 서길 원했을 뿐이다.

일이 이렇게 될 거라곤 상상도 못했다.

정말 이게 웬 청천벽력인가!

한때 세상을 절단 낸 적도 있는 마족이 이곳으로 쳐들어온다니!

지그문트는 눈 하나 깜짝 않고 말했다.

“왕께서는 죽음을 각오하고 후계자를 수도 밖으로 대피시키는 것이 좋을 것이오.”

그 말을 계기로 대전에 엄청난 소란이 일었다.

저 말을 믿어야 하는가 말아야 하는가!

성검과 신궁이 눈앞에 있는 마당에 마족의 존재를 믿지 않을 수 있는가?

저런 말만 듣고 진실을 확신할 수는 없다!

그 말이 옳다!

그렇지만 대낮에 수도 한쪽이 붕괴된 것은 사실이지 않은가?

수많은 의견이 오가는 가운데 테오발트가 처음으로 입을 열었다.

그는 지그문트를 향해 질문했다.

"지그문트, 너는 시종 마족의 출현을 예고하고 있는데, 어떻게 그 사실을 알게 되었느냐?"

지그문트는 테오발트의 까마득한 조상이고 윗사람이다.

그러나 테오발트는 당당히 하대를 했다.

너무나 자연스러웠기 때문에 혼란 통이라고는 하나 대다수가 그 사실을 인지하지 못했다.

"너는 에스트리트를 위기에서 구해주었는데 어찌 알고 그곳에 나타난 것인가. 단지 길을 지나다 우연히 마주친 것에 불과하다고 말할 텐가?"

"맞네!"

국왕이 맞장구를 치며 나섰다.

그는 보고를 들은 바 있다.

에스트리트를 구하러 등장하는 순간 지그문트는 '늦지 않았군' 이라고 말했다.

지그문트는 순순히 답했다.

“모든 것은 ‘그녀’로부터 전해들은 것이다. 그녀가 이르기를 다시금 마족이 출현하여 세상을 위협할 것이라고 하였다.”

“그녀라니?”

테오발트는 눈살을 찌푸렸다.

사람들 사이에서도 의견이 분분했다.

“그게 무슨 뜻이야. 예언이라도 한단 말인가? 천기를 읽는 용들이 얼마간 미래를 내다본다고 들었는데.”

“그렇다면 혹시 용으로부터 계시를 받은 것인가?”

지그문트는 모든 추측을 뒤로하고 조용히 답했다.

“때가 되면 그녀가 스스로 모습을 드러낼 것이다.”

“……”

결국 비밀이라는 뜻이다.

“마족의 음모에 연루되어 베르그이젤 백작 가문이 멸문당하고 말았다. 나는 그 소식을 접한 뒤 네 신변에도 위험이 생길 것이라고 추측하여 스톰폴트 왕국으로 향했으며, 늦지 않게 에스트리트 공주를 위기에서 구할 수 있었다.”

지그문트는 이야기를 끝낸 뒤 테오발트의 대답을 기다렸다.

시종 하대를 하던 테오발트는 급기야 부러진 담뱃대를 꺼내 물었다.

그러고 있으니 마치 오만한 군주와 처분을 기다리는 신하의 분위기다.

　테오발트는 턱짓을 했다.

　"아무래도 좋겠지. 거기 성검으로 내 뒤통수만 치지 않는다면."

Chapter 02
노비아 공습

THE KING OF IMMORTALITY

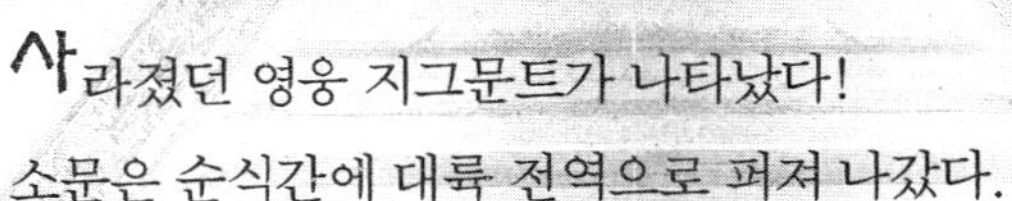

사라졌던 영웅 지그문트가 나타났다!

소문은 순식간에 대륙 전역으로 퍼져 나갔다.

스톰폴트의 국왕은 이로서 국제 여론이 나아지길 기대했다.

가짜 영웅이라고 주장하는 국가도 있었지만 진짜인데 지들이 어쩔 것인가?

적어도 우호 관계를 유지하던 여러 동맹국은 다시 마음을 바꿀 것이다.

한편으로는 마족의 침공에 대비한 준비도 착실히 시작했다.

솔직히 아직까지도 지그문트의 경고가 믿기질 않았다.

그래도 성검을 눈앞에서 목격한 이상, 아주 손을 놓고 있을 수는 없었다.

영웅 지그문트를 대대적으로 내세웠으니 그의 말을 들어주는 시늉이라도 해야 했다.

유일한 왕위 계승자인 안스바하 왕자도 잠시 수도 밖으로 피신시키기로 했다.

안스바하 왕자 입장에서는 그런 이유로 왕궁을 떠나라는 것이 납득되지 않을 수도 있었다.

하지만 그는 의연하게 대답했다.

"아버지의 목숨이 위태로워질지도 모른다는 생각은 하고 싶지도 않습니다. 저는 마족이 침공할 것이란 말을 믿지 않습니다. 그러나 때로는 믿는 척할 필요도 있을 테지요. 잠시 휴가를 다녀오는 셈치겠습니다."

안스바하 왕자는 최근 들어 변했다는 평을 자주 듣고 있었다.

신경질적인 모습을 털어버리고 사람이 여유로워진 것이다.

한때 마법사가 되겠다고 바득바득 우기더니, 그것도 시원하게 그만두겠다고 선언해 버렸다. 사실 한 번 마탑에 소속되면 그만두고 싶어도 마음대로 그만둘 수 없다.

하지만 신분이 신분이기에 특례를 인정받았다.

어쨌든 그는 제왕학을 배우며 한 계단씩 착실히 발전해 가고 있었다.

테오발트도 그의 발전을 무척 흡족하게 여겼다.

"기특한 녀석이로군."

안스바하 왕자가 일전의 일에 대한 감사의 표시로 담뱃대를 선물로 보냈다.

뇌물 공세에 무심한 테오발트도 이번만큼은 달랐다.

마침 담뱃대가 부러진 데다가, 새로 얻은 담뱃대의 형태나 질감이 그의 취향에 꼭 부합했다.

그는 오랜만에 담배를 피울 생각에 따뜻하고 양지바른 곳에 자리를 잡았다.

그리고 뒤늦게야 담뱃잎이 몇 개 없다는 사실을 깨달았다.

"……"

아무런 말도 없이 쿠르트가 자리를 떠났다.

담뱃잎을 구하러 떠난 것이다.

그는 말을 하지 않아도 알아서 필요한 것을 챙겨왔고, 테오발트도 어느덧 그것을 당연하게 여기고 있었다.

쿠르트가 뷜로 대공에게 담뱃잎을 얻기 위해 중앙 탑으로 향하고 있을 때였다.

어디선가 하인 두 명이 불쑥 나왔다.

"이봐, 한가해 보이는데 이쪽으로 와서 일 좀 돕고 가라. 우리가 좀 급해서 그래."

"죄송합니다만 저는 지금 심부름 중입니다."

쿠르트는 고개를 저었다.

그러자 하인들은 좀 더 간절한 표정을 지었다.

"잠깐이면 돼. 진짜 조금만 도와주고 가라."

"이미 말씀드렸다시피 할 일이 있습니다."

"금방이라니까. 시간 걸리면 진짜 내가 책임지마. 잠깐만 우리 좀 도와줘."

"죄송합니다."

"진짜 냉정하네. 책임진다는데도? 잠깐만."

"거절하겠습니다."

"근데 이게 진짜 ⋯⋯!"

예의바르게 톡톡 끊어지는 말투에 살짝 약이 오른 하인이 머리를 쥐어박을 생각에 주먹을 들었다.

그러나 쿠르트는 슬쩍 고개를 꺾어서 꿀밤을 피했다.

허공에 크게 헛손질을 한 하인은 조금 어리벙벙해져 쿠르트를 쳐다보았다.

분위기도 음침하고 보잘것없어 보이는 놈인데 뭐가 이리 날렵하단 말인가?

“잠깐 도와달라는데 그게 그렇게 힘드냐?”

그때 또 다른 하인이 재차 꿀밤을 시도했다.

이번에 쿠르트는 꿀밤을 피하지 않았다.

딱 얻어맞는 소리가 들리자 그제야 하인은 의아한 시선을 거뒀다.

쿠르트는 뒤통수를 만지며 말했다.

“무엇을 도와드리면 됩니까. 너무 오래 걸리면 곤란합니다.”

두 하인은 서로 얼굴을 쳐다보며 씩 웃었다.

그 시각 테오발트는 쿠르트가 돌아오길 기다리고 있었다.

그런데 눈에 익은 소녀가 근방에서 기웃거리는 것을 발견했다.

“로지나.”

금방 이름을 기억해 낼 수 있었다.

쿠르트와 어울리고 있는 귀족 영애.

아니나 다를까, 그녀가 슬그머니 다가와서 쿠르트의 행방을 물었다.

“테오발트, 혹시 쿠르트가 어디 있는지 몰라?”

“심부름을 갔다. 잠시 후면 돌아오겠지.”

“그렇구나.”

로지나는 어정쩡한 자세로 근방에 섰다.

테오발트는 손수 의자를 빼주며 말했다.

"왜 그러고 있느냐? 이리 와서 앉거라."

"으, 응?"

로지나는 여전히 어정쩡하게 서 있었다.

한때 쿠르트와 사귀는 일 때문에 테오발트가 언성을 높인 적이 있다.

그것 때문에 로지나는 테오발트가 무척 불편했다.

게다가 말투가 저게 뭔가.

이쪽은 명색이 귀족 영애이다.

제아무리 뷜로 대공의 총애를 받고 있으며 엄청난 마법 실력을 가지고 있다 해도, 일단은 평민 아닌가!

로지나는 입이 근질거려 참을 수가 없었다.

그러나 막상 입 밖으로 내자니 그게 쉽지가 않았다.

5분여의 고뇌 끝에 결국 그녀가 입을 열었다.

"평민 주제에 건방지게……."

포인트는 이죽거리는 와중에 슬쩍 시선을 피하기.

배알이 뒤틀려 죽겠는데 상대를 똑바로 마주보고 말할 용기는 없을 때 많이 하는 짓이다.

그 꼴을 보고 테오발트는 쿡 웃었다.

"소문이 느리구나. 나는 평민이 아니라 베르그이젤 백작

가문 출신이다. 알만한 자들은 다들 알고 있는 사실이다만.”

“뭐라고? 거짓말!”

“믿기 싫다면 어쩔 수 없고.”

“…….”

하긴 평민이라기에 그는 매사 행동이나 말투가 지나치게 거만했다.

뷜로 대공에서부터 소드 마스터 레논, 공주님에 이르기까지 인맥도 엄청나다.

숨겨진 신분 같은 게 있다 해도 전혀 이상하지 않았다.

베르그이젤이라면 지금은 멸문당한 상태이지만, 본래는 대륙에서 손꼽히는 명문가.

게다가 실종되었던 영웅 지그문트가 나타난 덕에 가장 주목받고 있는 가문이기도 하다.

정치적인 이유에서라도 베르그이젤이 부흥하는 것은 시간 문제.

이건 거물 중의 거물이 아닌가.

‘아! 빈정대지 말걸!’

로지나는 땅을 치고 후회했다.

일전에도 멋모르고 있다가 좋은 기회를 놓친 적이 있었다.

좋은 인상을 보였다면 최고의 인맥을 손에 넣을 수도 있었을 텐데, 정녕 내 인생에 대박의 꿈은 불가능하단 말인가!

　로지나의 얼굴이 빨개졌다 파래졌다 하는 걸 보며 테오발트는 다시 한 번 피식했다.

　교활하게 눈치를 보지만, 진짜로 교활해질 수 없는 계집아이.

　쿠르트가 왜 그녀에게 관심을 보이는지 알 것 같다.

　그렇다면 이 계집애는 왜 쿠르트에게 관심을 가지는 것일까.

　"너는 훌륭한 귀족 영양인데 어째서 일개 하인과 사귀고 있느냐? 쿠르트의 어디가 그렇게 마음에 들었지?"

　"으, 응?"

　솔직히 로지나도 천한 하인과 사귄다는 사실 때문에 항상 마음 한쪽이 불편했다.

　누가 물어보기라도 하면 창피해서 얼굴을 들기가 힘들 지경이었다.

　그녀는 시선을 피하며 억지로 대답했다.

　"그냥 어쩌다 보니. 쿠르트가 눈에 띄는 편이잖아."

　"눈에 띈다고?"

　테오발트는 눈썹을 꿈틀했다.

　그러나 로지나는 미처 그 사실을 깨닫지 못했다.

　"응. 아무래도 잘생긴데다 키가 훤칠하니까……. 하, 하지만 내가 쿠르트를 좋아하는 건 그가 무척 상냥하기 때문이야!

좋은 사람이라서 사귀는 거라고! 어, 얼굴이 잘생겨서 사귀는 게 아냐!"

주절주절 이야기를 늘어놓던 로지나는 또다시 후회하기 시작했다.

마지막에 얼굴 이야기는 하지 말걸.

제 발 저리는 것 같잖아.

이래서는 얼굴만 밝히는 계집애로 보이겠어!

'우아아아! 쪽팔려!'

로지나는 혼자만의 세상에 빠져 절규했다.

하지만 그건 정말 시시한 고민이다.

사실 진짜로 문제 삼아야 할 부분은 따로 있었다.

그러나 지극히 평범한 인생을 살아온 그녀가 진실을 알 리가 없다.

알기는커녕 감히 짐작조차 하겠는가.

테오발트의 목소리가 부드러워졌다.

"아무래도 네가 마법에 소질이 있는 모양이구나."

"응? 갑자기 무슨 소리야? 난 그런 소리 한번도 못 들어봤는걸. 실력도 대단치 않고."

"아무것도 아니다. 내가 한 말일랑 전부 잊어버려라. 한 번 마법에 중독되면 헤어날 수가 없단다. 나는 네가 그리되길 원치 않는다."

그는 자신도 모르는 새 손을 뻗어 로지나의 머리카락을 쓰다듬었다.

로지나는 얼굴을 화끈 붉혔다.

마법 어쩌고 하는 말보다 머리 위의 손이 더욱 신경 쓰였다.

이 녀석이 왜 이러는 걸까.

왜 갑자기 여자 머리를 쓰다듬고 이래?

로지나는 속으로 온갖 생각을 다 하며 어색함을 무마하기 위해서 아무 화제나 꺼냈다.

"너, 너 쿠르트랑 닮았다는 이야기 자주 듣지? 주종 간이라 그런지 너희 좀 닮은 거 같아."

"아니. 한 번도 그런 이야기 들어본 적 없다."

"거짓말 마. 분위기는 좀 다른가? 어쨌든 비슷하게 생겼잖아."

"네가 억지를 쓰는구나."

"억지 쓰는 거 아냐. 얼굴선이 닮았어. 콧날도 곧고, 눈동자가 파란 것도 그래. 쿠르트는 허리를 곧게 펴고 굉장히 반듯하게 걷는데 그것도 닮았고. 손도 참 예쁘게 생겼어. 사내 주제에 혹시 손톱 정리 같은 거 하는 건 아니겠지? 난 손가락이 짧고 통통해서 너무 속상해. 울 아빠를 닮아서 이렇다니까."

테오발트는 조용히 미소를 지으며 로지나의 말에 귀를 기울였다.

이것저것 잡다한 이야기를 조잘거리는 목소리가 듣기 좋았다.

한편 로지나도 분위기가 자연스러워진 것을 느꼈다.

테오발트의 손이 여전히 머리를 쓰다듬고 있었다.

쿠르트도 가끔씩 건방지게 그녀의 머리카락을 만지려고 들었다.

이러고 있으니 쿠르트와 단둘이 있는 것 같은 착각이 들었다.

정말 기이할 정도로 쏙 빼닮은 두 사람!

세상의 그 누구도 눈치채지 못한 사실을 오직 로지나만이 깨달았다.

은밀한 비밀을 깨달았을 때 그녀는 이런 생각을 했다.

'호, 혹시 얘도 나 좋아하는 거 아냐? 어머나! 두 명의 미남자가 동시에 내게 빠지다니!'

그녀는 혼자 발을 동동 굴렀다.

서로 빼닮았으니 테오발트도 쿠르트만큼 출중한 외모를 가지고 있다.

그뿐만이 아니라 테오발트는 귀족 신분이고, 인맥도 좋고, 능력까지 뛰어나다.

혹시 둘 다 접근해 오면 쿠르트를 버리고 테오발트를 선택해 버릴까.

어머, 이런 생각을 하다니 난 너무 속물적인 여자인 것 같아!

"하하하하!"

테오발트는 어깨까지 떨면서 크게 웃었다.

로지나의 속마음을 읽은 것은 아니지만 변화무쌍한 표정만으로도 충분했다.

때는 쿠르트가 낯선 두 하인에게 붙잡혀 어디론가 끌려가던 시각으로 다시 돌아간다.

상황을 지켜보고 있던 시녀가 쪼르르 달려와서 결과를 알렸다.

"에스트리트님, 그 찰거머리 같은 하인을 테오발트님으로부터 떼어내는데 성공했어요."

"고마워. 언젠가는 꼭 보답할게."

에스트리트는 시녀들에게 감사를 표한 뒤 마지막으로 생각을 정리했다.

그녀는 이제부터 테오발트를 찾아가서 솔직하게 좋아한다고 이야기한 뒤, 예전의 관계를 회복하기 위해서 타협점을 찾아볼 예정이다.

당장 옛 약혼녀를 잊어버리라는 것은 아무래도 무리한 요구이리라.

그녀의 목표점은 테오발트로부터 노력하겠다는 대답을 듣는 것이다.

테오발트는 프라이드가 대단히 높다.

따라서 자기 입으로 한 번 말한 것은 무슨 일이 있어도 반드시 지킬 것이다.

시작부터 본론을 꺼내면 마치 안달 내는 것처럼 보일 수도 있으니 처음엔 국제 정세의 변화에 대하여 가볍게 토론을 나누도록 하자.

두 번째 단계에서는 손수 만든 과자를 꺼내면서 자연스럽게 분위기를 유도한다.

총 일곱 단계에 이르는 계획을 꼼꼼히 되짚으며 계획을 짜면서 그녀는 어느덧 테오발트가 쉬고 있는 테라스 근방에 도착했다.

그곳에서 에스트리트는 멈칫 걸음을 멈추었다.

누가 망치로 뒤통수를 후려친 것 같았다.

미리 생각해 두었던 인사말은 모조리 날아가고 갑자기 머릿속이 멍해졌다.

테오발트가 로지나의 머리카락을 쓰다듬고 있었다.

오직 에스트리트 그녀에게만 보여주었던 표정으로.

"에스트리트?"

테오발트가 에스트리트를 발견했다.

그는 아무렇지도 않게 로지나를 쓰다듬고 있던 손을 치웠다.

정말로 아무 일도 없었다는 듯 싹 돌변한 얼굴.

순간 에스트리트는 저 밑에서 뭔가가 울컥 치밀어 오르는 걸 느꼈다.

그녀는 억지로 화를 누그러뜨린 채 걸음을 옮겼다.

"앉아도 될까요?"

"오랜만이구나. 그러잖아도 국왕의 허락이 떨어지는 대로 널 만나러 갈 참이었다."

테오발트는 의자를 하나 빼주었다.

에스트리트는 우아하게 드레스 자락을 걷으며 자리에 앉았다.

의도하지 않았음에도 저절로 눈길이 로지나에게 향했다.

"테오발트, 이야기 들었어요! 폐하를 뵈었을 때 다짜고짜 제 안부부터 물으셨다면서요?"

묻기는 테오발트에게 물으면서, 눈은 계속 로지나를 쳐다보고 있었다.

목소리도 평소보다 조금 컸다.

그 태도에 테오발트는 고개를 갸우뚱했다.

"흐음, 그랬지."

"어째서 폐하의 진노를 감수하고 그런 행동을 하셨어요?"

"물론 네가 걱정되었기 때문이다."

"그거 정말 이상한 일이로군요. 어째서 저를 걱정하셨죠? 그동안 저를 철저히 냉대하지 않으셨던가요?"

"내겐 적이 많다. 너를 멀리하면 네가 적의 위협으로부터 안전해질 줄 알았다. 하지만 아무 소용이 없더구나. 이럴 줄 알았다면 너를 멀리하지 말 것을 그랬다."

에스트리트는 아주 만족스럽게 웃었고 로지나를 향해 이걸 보라는 듯이 으스댔다.

그때 테오발트가 물었다.

"한데 넌 어디를 보고 이야기하는 게냐?"

흠칫.

잔뜩 뻐기고 있던 에스트리트는 어깨를 경직시켰다.

세상에 이렇게 유치한 행동을 하다니!

그녀는 얼굴을 새빨갛게 붉히고 언성을 높였다.

"제, 제가 뭘 어쨌다고 그러시는 거죠!?"

"대화를 할 때는 상대방의 얼굴을 보면서 말해야지."

"…아, 알았어요."

에스트리트는 기세를 죽이고 조그맣게 대답하면서 테오발트의 표정을 관찰했다.

눈치를 못 챈 걸까?

만약 눈치를 챈 거라면 부끄러워 죽을지도 모른다.

"저, 전 먼저 일어날까요?"

그때 로지나가 엉거주춤하게 일어났다.

잘은 몰라도 에스트리트의 기색이 이상했기 때문이다.

공주님의 심기를 건드리다니, 일개 하급 귀족인 그녀로선 상상도 하기 힘든 일이다.

서두르던 그녀는 탁자를 잘못 건드려 탁자 위에 놓여져 있던 물잔을 넘어뜨리고 말았다.

물이 확 쏟아지며 치맛자락이 물에 젖어버렸다.

"정말 못 말리겠구나."

테오발트는 혀를 끌끌 차며 손수건을 꺼내 물기를 닦아주었다.

로지나는 너무 무안하고 부끄러워서 어찌할 바를 몰라 했다.

"미, 미안."

"내게 미안할 게 뭐 있느냐."

"그것도 그러네. 내가 닦을게."

"더 닦을 것도 없다."

테오발트는 장난스레 손수건으로 로지나의 턱밑을 쿡 찍었다.

그 광경을 본 에스트리트는 입을 딱 벌렸다.

천둥번개라도 친 듯 눈앞이 번쩍했다.

눈에서 불똥이 튄다는 게 이런 느낌일까!!

그때 테오발트가 수건을 내려놓고 다시 에스트리트를 바라보았다.

"그럼 다시 이야기를 시작해 볼까?"

"무슨 이야기요?"

"다시 연인 관계로 돌아가자는 말을 하러 온 것이 아니었느냐?"

"뭐, 뭐라고요? 내가 왜 당신 같은 인간과!"

잔뜩 흥분한 에스트리트는 과자 바구니를 탁자 위에 쾅 소리 나게 내려놓으며 소리쳤다.

저렇게 중요한 이야기를 밥 먹으러 가자는 것처럼 꺼내다니!

그것도 저 여자애가 보는 앞에서!

하지만 얼마 안 가 조금씩 후회가 밀려왔다.

사실은 냉전을 끝내고 다시 사귀자는 말을 하러 온 것이 맞다.

하룻밤을 꼬박 새며 어떻게 그 말을 꺼낼까 고민하기도 했다.

이건 테오발트가 먼저 화두를 꺼내주었는데 그걸 발로 찬

격이다.

'그래도 이런 식으로 다시 시작할 수는 없는 일이잖아!'

그때 테오발트가 뜬금없이 과자 바구니를 가리켰다.

"그건 무엇이냐?"

"예?"

그녀는 뒤늦게 과자 바구니를 응시했다.

테오발트에게 주려고 그녀가 하루 종일 공을 들여 만든 과자다.

하지만 큰소리를 친 뒤 이제 와서 사실을 밝히기가 대단히 창피했다.

"저 먹으려고 가져온 거예요."

"혼자 먹을 것 치고 양이 너무 많은 것 같은데."

"요즘 식욕이 좋아져서요!"

"그렇구나. 난 또 내게 주려고 하루 종일 공들여 만든 것인가 했지."

테오발트는 피식 웃으며 과자를 하나 집어 먹었다.

그 순간 에스트리트는 깨달았다.

테오발트가 그녀의 속내를 훤히 꿰뚫고 있음을.

아마도 처음 말을 걸었을 때부터.

그녀는 거의 울상이 되어 자리를 박차고 일어났다.

"이, 이 나쁜 놈! 나를 놀렸어!!"

그녀는 뒤도 안 돌아보고 어디론가 뛰어가 버렸다.

"이런."

테오발트도 혀를 차며 자리에서 일어났다.

잠시 뒤 그 장소엔 로지나만 덩그러니 남았다.

살짝 그녀의 양 뺨에 홍조가 돌았다.

"호, 혹시 공주님이 날 질투하는 거야? 그러면 안 되는데."

그다지 진심은 담겨 있지 않은 듯하다.

에스트리트가 터덜터덜 걸어가다가 슬쩍 뒤를 돌아보았다.

테오발트가 따라오고 있었다.

사람 마음이란 게 참 웃겨서 그것만으로도 화가 반 이상은 수그러들었다.

"로지나는 어쩌고 여기까지 오셨어요?"

"에스트리트, 로지나는 쿠르트의 연인이다. 그녀는 네가 질투할 상대가 아니다."

"과연 그럴까요?"

"나는 일단 연인이 생기면 그녀에게만 충실하자는 주의다. 혹시 마음에 드는 다른 이성을 만난다 해도 결코 한눈을 파는 일은 없을 것이다."

에스트리트는 속으로 온갖 생각을 다했다.

　그건 자신을 연인으로 여기고 있긴 한데, 로지나가 더 마음에 든다는 소릴까?

　평소 신념 때문에 어쩔 수 없이 자신과 사귄다는 뜻인가?

　다 제쳐 놓고 로지나와 묘한 분위기를 연출했으니 이미 신조에 어긋난 행동을 한 셈이잖아!

　생각하면 생각할수록 속이 부글부글 끓었다.

　감언이설로 자신을 속여 넘기려 하고 있다는 생각이 자꾸 들었다.

　"이 바람둥이 사기꾼!!"

　에스트리트는 결국 참지 못하고 주먹을 올려붙였다.

　테오발트는 그녀의 손을 붙들고 한숨을 토했다.

　"레티치아는 결코 나를 의심하는 일이 없었는데, 너는 그렇지 않구나."

　에스트리트는 눈을 크게 떴다.

　"이, 이제는 약혼녀랑 비교까지 하는 건가요?"

　기가 막히고 화가 치밀었다.

　그러나 화가 난 이상으로 서러움이 복받쳤다.

　파란 눈에 순식간에 눈물이 차 올랐다가 바닥으로 뚝뚝 떨어졌다.

　테오발트는 혀를 차며 그녀를 번쩍 들어 올렸다.

　에스트리트는 엉엉 우는 와중에도 보는 눈이 있을까 봐 바

동거렸다.

　그녀의 저항을 무시한 채 테오발트는 복도 끝 창문까지 걸어갔다.

　창문틀에 그녀를 앉혀놓고 한참 등을 다독여 주었다.

　"생각해 보니까 레티치아도 자주 날 의심했던 것 같군."

　"이미 늦었어요!"

　"사실이다. 내가 어머니와 사이가 너무 좋다고 매일 질투를 했어."

　"그게 뭐예요. 재미없어요."

　에스트리트는 그를 다시 밀어내려고 했다.

　"한 번만 봐다오. 내가 가끔 너를 보고 레티치아를 떠올린다 해도 너무 기분 상하지 말았으면 좋겠다. 아무데도 가지 말고 같이 식사도 하고 재미있는 이야기를 많이 해다오. 레논은 요즘 제 연애 사업에 빠져 통 어울려주질 않는구나."

　목소리가 어쩐지 쓸쓸하게 느껴졌다.

　에스트리트는 더 이상 그를 뿌리칠 수가 없었다.

　"바람을 피워도 봐줘야 하고요?"

　테오발트가 못마땅한 표정을 지으며 고개를 들었다.

　"글쎄 나는 바람은 안 피운다니까."

　"거짓말쟁이!"

　에스트리트는 이를 세워 그의 목을 꽉 깨물었다.

*　　　*　　　*

테오발트가 에스트리트를 달래고 있을 때 레논은 왕성의 복도를 가로지르고 있었다.

문득 땅바닥에 아무렇게나 뒹굴고 있는 검 한 자루를 발견했다.

대체 어떤 몰상식한 자가 검을 바닥에 내던지고 다닌단 말인가.

그는 눈살을 찌푸리며 검을 주우러 갔다.

그런데 가까이 다가가서 보니 그것은 평범한 검이 아니었다.

레논은 진정으로 자신의 눈을 의심했다.

"이거 성검 아냐?"

도저히 믿기지가 않아서 레논은 몸을 낮춰 검을 자세히 살펴보았다.

백색을 띠는 날씬한 검신과 그 가운데에 빼곡히 새겨져 있는 문자들.

틀림없이 얼음 성검 브룬힐트였다.

그래도 여전히 믿을 수가 없다.

레논은 마지막으로 확인을 하기 위해 성검에 손을 뻗었다.

파직!

성검이 낯선 이의 접근을 거부하며 극저온의 냉기를 뿌렸다.

레논은 얼른 손을 거두고 물러났다.

오라로 손을 보호했기 때문에 큰 상처는 입지 않았지만 얼얼한 느낌이 남아 있었다.

"……."

레논은 황당함에 한참 동안 할말을 잃었다.

그는 겉옷을 벗어 브룬힐트를 덮었다.

"지그문트 경에게 모셔다 드리겠습니다. 제가 마음에 차지 않으시더라도 한 번만 용서해 주십시오."

레논의 마음을 읽은 것일까.

겉옷으로 고이 감싸서 집어 들자 성검은 거부반응을 보이지 않았다.

레논은 성검 브룬힐트를 품에 안고 지그문트를 찾아 왕성을 헤맸다.

"드디어 찾았군."

지그문트는 견습 마법사들이 수련하는데 사용되는 공터 한쪽에 서 있었다.

아무것도 하지 않고 무슨 인형처럼 그야말로 우두커니 서 있기만 했다.

첫인상도 그랬지만, 정말 종잡을 수 없는 인간이었다.

레논은 고개를 절레절레 저으며 지그문트에게 다가갔다.

"당신과 테오발트를 제하고는 누구도 성검에 손을 댈 수 없으니 확실히 도난의 위험에서는 안전할지 모릅니다. 하지만 당신의 무기가 아닙니까. 갑자기 적이 습격을 해오면 어찌하려고 성검을 아무데나 내팽개치고 다니십니까?"

"그것은 걱정할 필요가 없다."

지그문트가 손을 내밀었다.

그러자 성검이 레논을 뿌리치고 지그문트의 손아귀로 빨려들었다.

그는 원한다면 언제 어디서든 성검을 소환해 낼 수 있었다.

"오직 성검 브룬힐트만이 그와 같은 능력을 가지고 있었지."

그때 나무 위에서 날씬한 실루엣의 여인이 훌쩍 뛰어내렸다.

요정들의 여왕 엔하였다.

그녀를 호위하는 꼬마 요정들은 어디 있는지 보이지 않았다.

아마 요란을 떨며 그녀를 찾아다니고 있으리라.

수행원을 떼어놓고 혼자 돌아다니는 것은 그녀의 특기인 듯싶었다.

엔하는 성큼 지그문트에게 다가갔다.

아직까지 그와 개인적으로 대화를 나누지 못했다.

바쁘기도 했지만 어딘가 서먹한 느낌을 받았기 때문이기도 했다.

"지그문트."

어쩐지 뒷말을 꺼내기가 쉽지 않았다.

그녀는 마음을 다잡으며 물었다.

"친애하는 인간 기사여, 150년, 그 긴 세월 동안 어디서 무엇을 하고 있었는가?"

"그것을 알려 드리기엔 아직 시기가 이른 듯싶습니다."

"……."

엔하의 눈동자가 가늘게 떨렸다.

비밀로 하겠다는 뜻인데, 왜 그것이 비밀이 되어야만 하는가?

'내게도 진실을 알려줄 수 없단 말인가?'

그 옛날 지그문트와 그녀 사이에 비밀이란 존재하지 않았다.

두 사람은 목숨조차 기꺼이 공유하는 친우였다.

엔하는 그 말을 억지로 삼키고 다른 질문을 했다.

"지그문트, 그대에게 모든 것을 가르쳐 준 '그녀'는 대체 누구지?"

지그문트가 입술을 달싹거렸다.

이번에도 비밀이라고 대답할 것 같았다.

엔하는 말을 가로채며 언성을 높였다.

"대답할 수 없다는 말은 받아들이지 않을 것이다!"

그녀가 엄포를 놓는 바람에 지그문트의 답변이 조금 지연되었다.

무슨 생각을 하는지, 지그문트는 한참 동안 가만히 서 있었다.

이윽고 결론을 내리고 그가 입을 열었다.

순간 엔하는 숨이 턱 막히는 것을 느꼈다.

지그문트의 얼굴에 천천히 미소가 퍼지는 것을 보았다.

그간의 차갑고 석상 같던 모습이 거짓말처럼 느껴질 정도로 그는 몹시 온화하게 말했다.

"그녀는 제가 세상에서 가장 사랑하는 여인입니다."

그런 것으로는 충분한 설명이 되지 않는다.

진짜 필요한 것은 '그녀' 의 이름이나 신분, 거주지 따위일 것이다.

그러나 엔하는 더 이상 캐묻지 않았다.

대신 가슴을 움켜쥐었다.

어째서 이리도 가슴이 쓰린 것일까.

레논은 사람들이 의아한 눈길로 쳐다보는 것도 아랑곳않고 복도를 여기저기 헤집으며 다녔다.

인적이 드문 복도에 도착했을 때 겨우 엔하를 발견했다.

그는 길게 한숨을 내쉬고 엔하의 곁으로 다가갔다.

"무슨 용건인가?"

이번에도 레논이 말을 걸기 전에 엔하가 먼저 입을 열었다.

얼음처럼 날카로운 음성이었다.

레논은 어깨를 들썩였다.

"영웅이라 불렸던 이들은 하나같이 무뚝뚝한 성격을 가지고 있군요. 오랜 세월 치열한 전투를 겪었기 때문일까요?"

"그렇지 않다."

그냥 해본 말이었으나 엔하는 진지하게 말했다.

"지그문트는 그야말로 영웅이라는 말에 부합하는 인물이었다. 그는 호탕하게 웃으며 다양한 사람들을 널리 포용하고, 절망에 빠진 이들을 독려해서 사악한 무리와 맞서 싸웠다."

레논은 미간에 주름을 잡았다.

현재의 모습만 봐서는 도무지 상상이 가질 않았다.

"정말로 긴 시간이 흘렀다. 그간 성격이 바뀌었다 해도 이상할 것은 없으리라."

"하지만 당신은 그의 변화가 탐탁지 않으신 것 같군요."

엔하의 목소리가 날카로워졌다.

"네놈이 상관할 바가 아니지 않은가?"

그 말을 들은 레논이 갑자기 길을 가로막았다.

그는 다소 무례할 정도로 요정 족의 여왕을 똑바로 응시했다.

그리고 손을 뻗어 그녀의 뺨을 어루만졌다.

"저는 당신의 거침없는 모습을 좋아합니다. 그러니 저를 향해 상관없다고 말씀하지 말아주십시오."

순간 엔하의 눈이 동그래졌다.

한 박자 늦게 그녀는 레논의 손을 뿌리쳤다.

"무슨 개 풀 뜯어먹는 소리냐!"

"거짓말은 못하는 성미이니 솔직하게 말씀드리겠습니다. 전설 속의 영웅이기 때문에 당신을 좋아하게 된 것일지도 모릅니다. 저는 뛰어난 사람들에게 매력을 느낍니다. 무지를 일깨우는 지식, 강력한 힘은 항상 저를 자극하죠."

그는 스톰폴트 최강의 소드 마스터였다.

오만했던 시절, 그는 자신보다 뛰어난 인물은 없을 거라고 자신했다.

하지만 정말로 치기 어린 생각이었다.

그는 테오발트를 보며 항상 자극을 받았다.

엔하도 비슷한 부류의 인물이었다.

"농담이 지나치구나! 스톰폴트의 소드 마스터여, 나는 인간이 아니라 요정이다. 너보다 열 배 이상 나이를 먹은 늙은 이이기도 하다. 이게 말이 된다고 생각하는가?"

"엔하님, 레논이라고 불러주십시오."

그는 부드럽게 청을 하며 다시 엔하에게 손을 뻗었다.

농담을 하고 있는 것이 아니라는 걸 엔하는 그제야 깨달았다.

동시에 그녀는 크게 당황하고 말았다.

그녀는 여성으로서의 매력이 없는 편이었다.

작고 유쾌한 요정들이 보기에 그녀는 몸집도 이상하게 크고, 아주 신경질적인 여성이다.

남자 요정들은 그녀를 깊이 존경했지만 이성으로서의 매력을 느끼지는 못했다.

물론 인간들이 엔하를 보는 관점은 또 다르다.

성격은 둘째 치고, 그녀는 정말 눈부시게 아름다웠다.

그러나 엔하가 인간들과 부대끼며 생활할 때도 그녀에게 치근댄 사내는 한 명도 없었다.

그녀가 고귀한 요정 족의 공주였고, 신궁을 다루는 영웅 중의 하나였기 때문이다.

그 외에도 여러 가지 우연이 겹쳐졌으리라.

웃기는 일이지만, 그녀는 난생처음 남성에게 구애를 받고 있었다.

‘수줍음 많은 여자애를 상대하고 있는 기분이군. 왜지?’

레논은 엔하의 뺨을 어루만지며 고개를 갸웃했다.

겉보기는 젊고 아리따운 여성이지만 엔하는 나이가 굉장히 많고, 따라서 남녀 관계에서도 무척 노련할 것이라고 예상했다.

사정을 모르니 그렇게 생각하는 게 당연하다.

두 사람 사이에 어색한 공기가 흘렀다.

그러다 순간적으로 레논은 퍼뜩 뒤를 돌아보았다.

사람의 시선이 느껴졌기 때문이다.

그리 멀지 않은 곳에서 지그문트가 두 사람을 빤히 쳐다보고 있었다.

레논은 지금 막 엔하에게 고백을 한 참이다.

가장 보여주고 싶지 않은 자에게 이 상황을 들킨 건 둘째 치자.

예의상으로라도 자리를 피해줘야 마땅하지 않은가.

“지금 뭘 하시는 겁니까?”

“지, 지그문트.”

엔하도 어색하게 레논의 손을 떼어냈다.

두 사람이 어떤 반응을 보이든 지그문트는 눈 하나 깜짝하지 않았다.

그는 노골적으로 둘을 관찰하다가 아무런 움직임도 없자

이내 그 자리를 떠났다.

"…도대체 무슨 생각을 하고 있는 거야?"

레논은 인상을 찌푸렸다.

*   *   *

열성 마족 노비아는 성검이 가진 능력을 과소평가했다.

그래서 작은 상처를 허용하고 말았다.

정화의 힘이 팔뚝을 시커멓게 태우기 시작했다.

그는 황급히 한적한 곳으로 도망친 뒤 환부를 도려냈다.

그것은 상당히 신중을 요하는 작업이었다.

성검의 기운을 제거하기 위해 살점을 아무렇게나 왕창 도려내면 그만큼 마력도 잃어버리게 된다.

그럴 수야 없지 않은가!

노비아는 성검의 기운을 억제하는 한편, 최소한의 부위를 세심하게 잘라냈다.

꼬박 하루가 걸려 겨우 작업이 끝났다.

확인을 해보니 아니나 다를까, 소량이지만 마력이 줄어 있었다.

"제기랄, 제기랄!!"

노비아는 분을 이기지 못하고 연신 욕지기를 터뜨렸다.

반쯤 재로 변한 살덩이를 발로 마구 짓이기며 온몸을 부들부들 떨었다.

"킥킥킥."

그때 어디선가 웃음소리가 흘러나왔다.

그러잖아도 머리끝까지 약이 오른 노비아다.

그는 눈을 시뻘겋게 만들고 고함을 질렀다.

"어떤 새끼야!!"

어둠 속에서 검은 덩어리가 날아와 노비아의 머리를 호되게 후려쳤다.

펄펄 날뛰던 노비아가 찍 소리도 못하고 바닥에 처박혔다.

그류페인이 유유히 걸어나와 평소처럼 그의 머리를 꾹 밟았다.

"이런 멍청한 것! 아무데서나 왈왈 짖으면 걷어차이기밖에 더 하겠느냐. 대체 열성마족 놈들은 왜 이렇게 지능이 낮은 것이야. 아, 실로 가여운 족속들이로다!"

"크윽."

고위 마족 그류페인을 상대로는 답이 없다.

노비아는 억지로 분을 참았다.

쓰레기마냥 노비아의 머리를 질겅대며 밟던 그류페인은 어느 순간 다시 킥 웃음보를 터뜨렸다.

"푸하하하하하하, 크핫핫!"

아예 배꼽까지 잡고 웃어젖힌다.

그렇게 한참 동안을 폭소를 터뜨리다가 그류페인이 입을 열었다.

"내가 어째서 더럽고 비천한 네놈을 옆에 두고 기르는지 아느냐? 네가 하는 짓을 보고 있자면 얼마나 유쾌한지 모른다! 언제나 내 기대를 저버리지 않는단 말이야! 이번엔 왕을 만나기도 전에 어느 인간에게 호되게 한 방 먹고 도망을 쳤더군? 마력의 일부까지 잃어버리고……."

그류페인은 말을 하다 말고 입을 틀어막았다.

다시 폭소가 터져 나올 것 같았기 때문이다.

"…방심했을 뿐입니다!"

결국 참다못해 노비아가 한마디 했다.

그러자 그류페인이 고개를 끄덕였다.

"그래! 앞으로 인간들을 만나면 정신을 바짝 차리도록 해라. 사악한 마족을 목격한 인간이 크게 화를 내며 널 꽉 깨물기라도 하면 큰일이지 않느냐. 네가 상처를 입고 죽어버리면 나는 마음이 아파서 견디질 못할 게야."

그류페인은 눈물을 글썽거렸다.

너무 웃어서 눈물이 났다.

그는 가까스로 웃음을 참으며 제법 진지한 척 말했다.

"노비아! 전부 너를 위해서 충고하는 것이다. 네놈도 여느 가축들처럼 똥오줌이나 싸지르며 사는 것이 맞다. 비천하게 태어났으면 주제를 알아야지. 인간 하나 감당하지 못하는 주제에 어디서 감히 왕에게 덤빌 생각을 하는 게야?”

양껏 노비아를 조롱한 후 그류페인은 그곳을 떠났다.

노비아는 한참 동안 바닥에 널브러져 있었다.

이윽고 그가 몸을 일으켰다.

머리 위에서 모래가 우수수 떨어졌다.

“쥐구멍에 숨어 벌벌 떨기나 하는 주제에.”

노비아의 눈이 번뜩거렸다.

그래도 그류페인에게 복수할 생각 따윈 꿈에도 없었다.

죽었다 깨어나도 그는 그류페인을 이길 수 없다.

“불사왕, 힘을 잃었다면 네놈도 응당 벌레처럼 내 발바닥 밑에 깔려야 하지 않겠느냐. 크흐흐.”

그는 기괴하게 웃으며 휘적휘적 낡은 오두막을 나섰다.

*　　　*　　　*

스톰폴트 왕국은 크게 들떠 있었다.

어린아이들은 온 동네를 돌아다니며 영웅 놀이에 심취했고, 어른들은 술과 고기를 꺼내 먹고 마시며 옛날이야기를 나누었다.

급기야는 영웅의 얼굴을 보겠다고 성문 앞으로 하나둘씩 사람들이 몰려들었다.

어느덧 성문 근방은 엄청난 수의 구경꾼들로 인해 발을 디딜 틈도 없게 되었다.

"영웅 만세!!"

"스톰폴트 만세!!"

"우와아아!"

흥에 겨운 사람들은 하늘이 떠나가라 환호성을 질렀다.

그 광경을 허공 위에서 굽어보는 이가 있었다.

노비아는 팔을 힘껏 휘저어 바람을 일으켰다.

두꺼운 성벽마저 몇 분 안에 박살 낼 수 있을 정도로 강력한 돌풍이었다.

바로 그 밑에서 아무것도 모르는 인간들이 영웅을 연호하고 있었다.

"아주 신이 났군."

그의 입술이 기괴하게 비틀렸다.

사나운 돌풍이 사람들의 머리 위를 덮쳤다.

그보다 몇 분 이른 시각, 대전에서는 회의가 열리고 있었다.

회의를 주로 이끌어가고 있는 것은 엔하였다.

"만약 가까운 시일 내에 마족이 침공해 올 것이라는 주장이 사실이라면,"

엔하는 잠시 말을 끊고 지그문트를 응시했다.

사람들은 인지할 수 있었다.

그녀도 전적으로 마족의 침공설을 믿고 있지는 않다는 것을.

엔하는 다시 이야기를 계속했다.

"…지그문트 경과 나의 힘만으로는 이 사태를 감당할 수가 없소. 따라서 나는 론 경에게 도움을 청해볼 생각이오."

스톰폴트의 왕이 눈을 크게 뜨고 물었다.

"여왕이여, 바람의 성검 카칸을 사용하는 론 경을 이야기하는 것이오? 신마전쟁의 또 다른 영웅이기도 한 난쟁이 족의 기사!"

"그렇소."

전설의 영웅 3인이 다시 한 번 한 자리에 모인다.

그 상징적인 의미를 말로 다 할 수 있을까.

좌중은 크게 탄성을 질렀다.

국왕도 자꾸만 입꼬리가 올라가려는 것을 숨기기 위해 안간힘을 써야 했다.

"그는 위대한 기사이며, 일행으로 하여금 갈 길을 알려주시던 큰 어른이기도 했소. 본래는 내가 직접 걸음을 하여 그분의 의중을 물어야 하겠으나 사정이 마뜩치 않은 관계로 전령을 보낼까 하오."

"그리하시오. 론 경을 맞이하기 위하여 만반의 준비를 갖춰야겠소이다! 짐은 요정 여왕께서 본 국을 방문할 당시에 대접이 소홀했던 것이 아직까지 신경이 쓰인다오."

요정 여왕의 방문을 사방팔방에 광고하지 못한 것이 아직도 아쉬운 국왕이었다.

이번만큼은 기회를 놓치지 않으리라, 국왕은 결심했다.

그때였다.

쿠구구궁!!

약한 진동과 함께 무너지는 소리가 들려왔다.

지극히 사악하며, 그럼에도 익숙한 기운!

테오발트는 누구보다도 먼저 고개를 들어 한 방향을 응시했다.

우우웅!

지그문트는 자리에서 일어나며 손을 뻗었다.

성검 브룬힐트가 스스로 빛을 내며 그의 손안으로 빨려 들어갔다.

엔하도 반사적으로 신궁 가르시아를 움켜쥐었다.

그리고 침통하게 신음성을 흘렸다.

"아……!"

죽는다 해도 이 불길한 징조를 잊지 못하리라.

그 악몽 같던 과거가 또 한 번 재현되고 마는 것인가!

"폐하!!"

대전의 문이 열리며 병사가 뛰어들었다.

"적의 습격입니다! 강력한 공격으로 성문이 대파되고, 그 주변에 모여 있던 수백 명의 군중이 죽거나 중상을 입었습니다!"

"뭐, 뭐라고? 성문이 뚫릴 때까지 대체 경비는 무엇을 하고 있었단 말이냐!!"

국왕은 화들짝 놀라서 외쳤다.

병사는 식은땀을 흘리며 대답했다.

"그, 그런데 저, 적의 모습을 찾을 수가 없습니다!!"

그게 무슨 황당무계한 소리란 말인가?

성문이 무너지는 대사건이 벌어졌는데 그 원흉을 찾을 수가 없다니!

그때 엔하가 의자를 박차고 일어났다.

"마족의 두려운 점은 홀로도 강대하다는 것이다! 마족 앙브라스는 일백의 마법사 군단에 백만의 마물 군단을 보유하고 있었다. 그러나 항상 군대를 이끌고 다니진 않았다. 놈은 홀로 신출귀몰하며 성 하나를 통째로 불태우고 몸을 빼기도 했다!"

끔찍한 일이었다.

백만의 군대는 강하지만 보급이나 이동속도 면에서 제약이 따르게 된다.

어디로 이동하고 있는지 숨길 수도 없다.

그러나 단신으로 백만의 군대와 다름없는 능력을 발휘할 수 있다면, 그런 존재가 몸을 숨긴 채 성 깊은 곳까지 잠입하여 갑자기 공격을 퍼붓는다면!

도대체 그 공격을 어떻게 막는단 말인가.

상상하는 것만으로도 사람들의 얼굴에 핏기가 사라졌다.

"놈을 찾아야만 한다! 마성을 드러내고 사람들을 공격한 이상, 놈은 사악한 기운을 완전히 숨길 수 없다! 사기(邪氣)가 넘쳐흐르는 장소가 반드시 있으리라! 그곳에 마족이 도사리고 있을 것이다!"

엔하는 우왕좌왕하는 사람들에게 지시를 내렸다.

"나는 폐하의 곁을 지켜야 할 것 같다. 에스트리트를 부탁하마."

레논이 굳은 표정으로 말한 뒤 국왕과 함께 먼저 자리를 떴다.

테오발트도 에스트리트를 찾아 나섰다.

그녀는 멀지 않은 곳에서 뷜로 대공의 보호를 받고 있는데, 마족이 상대라면 그의 보호도 전혀 미덥지 못했다.

그래도 잠시간은 시간을 벌 수 있으리라 생각했다.

쿠르트를 그녀의 곁에 두고 왔기 때문이다.

이와 같은 사태를 예견한 것은 아니고, 대전에 시종을 데리고 들어갈 수가 없어서 그냥 떨어뜨려 놓고 온 것이다.

와르룽!!

콰앙!

근방에서 연달아 폭음이 터졌다.

테오발트는 갑자기 걸음을 멈추고 눈살을 찌푸렸다.

"뿔 난 망아지마냥 설쳐대는군."

콰앙!! 와장창!

그 순간 바로 코앞에서 폭발이 일었다.

성벽과 창문이 요란한 소리를 내며 부서졌다.

한 발자국만 더 내딛었더라면 박살이 난 것은 벽이 아니라 테오발트의 몸뚱이였을 것이다.

테오발트는 느긋이 고개를 들어 천장을 응시했다.

"불사왕……!!"

천장에 붙어 있던 노비아가 짐승처럼 으르렁거렸다.

그러나 테오발트는 마족과 정면으로 맞닥뜨리고도 아무런 반응을 보이지 않았다.

마치 뭔가를 기다리는 것처럼 멀뚱하게 서 있기만 했다.

노비아는 속내를 알 수 없는 그 행동이 굉장히 신경 쓰였다.

고위 마족인 그류페인이 괜히 불사왕을 두려워하진 않았
으리라.

그는 결국 소리를 질렀다.

"무슨 꿍꿍이냐!!"

"못난 놈, 어르신을 뵀으면 자기소개를 해야 할 것 아니
냐."

테오발트는 혀를 끌끌 찼다.

노비아는 뺨을 씰룩거렸다.

"…힘을 잃어버렸을 텐데? 무슨 배짱으로 여유를 부리는
거지?"

"내가 남달리 낙천적이라서 말이다."

"뭐야?"

"내 성격이 아주 좋다는 이야기를 한 참이다."

"지랄!! 그 여유가 언제까지 갈지 지켜보겠다!"

조롱당했다고 생각한 노비아가 핏대를 세우고 곧장 돌진
해 왔다.

그는 손톱을 길게 빼서 힘껏 휘둘렀다.

"자기소개는 진짜 안 할 셈이고?"

테오발트는 미간을 찡그렸다.

그냥 하는 소리가 아니라 적어도 놈의 이름 정도는 듣고 싶
었다.

하지만 성질머리를 보아, 이름 듣기는 글러 먹은 듯하다.

'아무래도 좋겠지. 어째 호운과는 달리 정이 안 가는 녀석
이고.'

정이 안 간다고?

일단 쓸데없는 생각을 털어버리기로 하자.

테오발트는 오라 블레이드를 뽑아 들었다.

콰앙! 콰직!

손톱과 오라 블레이드가 맞부딪칠 때마다 공기가 폭발하
는 강렬한 파공성이 터져 나왔다.

노비아는 특별한 기술도 없이 짐승처럼 양팔을 마구 휘두
르고 있었다.

하지만 그 공격은 대단히 강했다.

그는 어떤 짐승보다도 빠르게 움직였으며, 쇳덩이조차 단
숨에 깨부술 만큼 강력한 힘을 가지고 있었기 때문이다.

한 차례 접전 끝에 테오발트는 뒤로 크게 밀려났다.

"푸하하하!! 왕이여, 이거 너무 서글프지 않은가! 칼 쪼가
리를 집어 들고 나오다니!"

노비아가 오라 블레이드를 가리키며 크게 웃어 젖혔다.

그 순간, 주춤하고 있던 테오발트가 땅을 강하게 굴렀다.

쿠우웅!

발이 대리석 바닥에 깊숙이 박혔다.

동시에 칼날에 어려 있던 오라도 폭발할 것처럼 강하게 빛을 터뜨렸다.

테오발트는 오라 블레이드를 허공에다가 위에서 아래로 크게 휘둘렀다.

오라로 이루어진 한 줄기 섬광이 검으로부터 쏘아져 나갔다.

"헉!"

노비아는 소스라치게 놀라 몸을 크게 비틀었다.

섬광이 아슬아슬하게 귓가를 스치고 지나갔다.

"뭐, 뭐야. 마법도 아니고……!"

칼로 원거리 공격이라니, 듣도 보도 못했다.

테오발트는 검을 바로 쥐며 말했다.

"칼 쪼가리도 꽤 쓸 만해 보이지 않느냐?"

"입만 살아가지고!"

말은 그리해도 활처럼 오라를 쏴대는 것이 쉽지는 않을 것이다.

노비아는 일단 손톱을 거뒀다.

대신 양팔을 기괴하게 움직여 돌풍을 일으켰다.

본래 그가 주로 사용하는 무기는 천지를 뒤흔드는 강력한 바람!

괜히 접근해서 근접 공격을 허용할 이유가 없다.

콰콰콰!

테오발트를 노리고 전좌우 삼면으로 예리한 바람이 몰아닥쳤다.

등 뒤는 벽이 가로막고 있었다.

테오발트는 다리에 오라를 집중하여 순간 용수철처럼 높이 뛰었다.

콰앙!

목표를 잃은 돌풍은 혼자 벽에 부딪쳐 커다란 폭발을 일으켰다.

복도가 통째로 날아가고 성 외벽에도 거대한 구멍이 뚫렸다.

"죽어라!"

노비아가 식상한 대사를 외치며 손가락을 불쑥 뻗었다.

손끝에서 한 줄기 바람이 쏟아져 나와 테오발트를 덮쳤다.

허공에 뜬 채로는 공격을 제대로 피할 수가 없었다.

그는 몸을 비틀어 최대한 회전력을 주어 오라 블레이드를 사선으로 크게 휘둘렀다.

쩌엉!

형태가 없는 바람이 칼로 인하여 두 동강 나는 장면은 실로 장관이었다.

그로서 공격을 파훼할 수는 있었다.

하지만 방향을 잃은 바람이 돌풍을 일으켰고 테오발트는 그에 휘말리고 말았다.

"윽?"

순간적으로 10층 아래로 떠밀렸다.

웅장하게 만들기 위해서 아주 높게 쌓은 왕성이다.

분주히 돌아다니는 병사들이 개미처럼 보일 정도로 까마득히 높았다.

테오발트는 속절없이 곧장 맨땅으로 추락했다.

땅이 바로 코앞에 닥쳤을 때였다.

테오발트는 검을 바닥에 힘껏 내던졌다.

콰각!

먼저 검이 바닥에 꽂혔고, 검을 중심으로 바닥에 반지름 2미터가량의 그림자가 생겼다.

이윽고 테오발트가 땅을 딛자 마치 충격을 흡수하듯 땅이 아래로 깊이 들어갔다.

움직이는 형태가 마치 고무와 같았다.

"드디어 마법을 썼군!"

바람에 몸을 실어 성 아래로 내려온 노비아는 거무죽죽한 땅을 보며 눈살을 찌푸렸다.

"어째서 암흑 마법이지? 당신이 즐겨 쓰는 마법은 그런 것이 아닐 텐데?"

테오발트는 숨을 돌리며 몸을 일으켰다.

그와 함께 땅바닥도 다시 융기하여 평평해졌다.

검은 그림자도 언제 생겼냐는 듯 자취를 감췄다.

"후우, 네가 잘 모르는 모양이구나. 내가 이래 봬도 뷜로 대공의 수제자니라."

"뷜로 대공? 그게 누군데?"

"철딱서니가 없지만 자꾸 보면 왠지 정이 가는 마법사지."

"마법사!!"

노비아의 이마에 핏줄이 투툭 튀어나왔다.

하늘이 쩌렁 울릴 정도로 그는 커다랗게 소리를 질렀다.

"마법사라고오!! 개미만도 못한 마법사 말이냐!! 이 빌어먹을 새끼!! 언제까지 나를 조롱할 셈이냐!!!"

그의 몸에서 살기가 폭사되어 나왔다.

자신을 제대로 상대해 주지 않는다고 생각했기 때문이다.

테오발트는 나름대로 오해를 풀려고 했다.

"나름대로 최선을 다하고 있다만."

"개새끼!! 네놈의 혓바닥까지 회쳐서 씹어먹고 말 것이다!!"

물론 그건 노비아를 더욱 도발하는 결과를 낳았다.

그는 바람을 응축하여 수십여 개의 장창을 만들어냈다.

엄청난 수의 창이 비처럼 쏟아졌다.

콰과과곽!!

"도망칠 수 있을 것 같으냐!!"

"그래도 노력은 해봐야지."

테오발트는 큰 나무 아래에 몸을 숨긴 채 곧장 직선으로 달렸다.

그러나 엄폐물로 사용하기에 나뭇가지는 너무 약했다.

나무 기둥을 꿰뚫고 장창이 테오발트의 관자놀이를 노렸다.

순간 테오발트가 갑자기 방향을 바꿔 한 손을 위로 치켜올렸다.

손바닥만 한 크기의 새까만 원반이 그의 머리 위를 빽빽하게 메웠다.

그건 보호막이라기보다는 뭐든 먹어치우는 블랙홀 같았다.

매서운 기세로 날아오던 장창은 검은색 원반 안으로 흡수되며 사라졌다.

"안 통해!!"

노비아가 얼굴을 일그러뜨리며 소리쳤다.

과연 두 번째 공격이 가해지자 검은 원반은 금방 깨지고 말았다.

폭포수같이 쏟아지는 장창의 공격, 산산이 부서진 원반 조각들.

그 순간이었다.

한 줄기 빛이 어지러운 시야를 뚫고 튀어나왔다.

오라 블레이드였다.

테오발트가 찰나의 틈을 노려 집어던진 검이 노비아의 가슴을 꿰뚫고 지나갔다.

찢겨 나간 살점과 핏방울이 허공에 비산했다.

성공적인 기습이었는가?

노비아는 눈을 부릅떴다.

"불사와앙!! 언제까지 이따위 잔재주만 부릴 셈이냐!!!"

콰과광!!

노비아의 몸을 중심으로 회오리바람이 일었다.

그가 진심으로 분노하자 땅거죽이 뒤집히고 아름드리나무마저 뿌리째 뽑혀져 나왔다.

한편 사방으로 비산했던 살점과 핏방울은 노비아의 몸으로 되돌아가서 구멍을 메우기 시작했다.

그는 세상의 그 어떤 것보다도 사악하며 강대한 존재, 마족이었다.

칼로 몇 차례 베는 것으로는, 가슴에 바람 구멍을 내는 정도로는 결코 그를 죽일 수 없다.

"이런."

오판을 했다는 것을 깨달은 테오발트는 혀를 차며 돌풍에서 몸을 피하려 했다.

그러나 눈사태가 일어난 것을 눈으로 보고 발로 뛰어 피하려 드는 것과 다름없는 짓이었다.

그는 순식간에 바람에 휘말렸다.

하지만 그 찰나간에도 부상을 최소화하기 위해 반사적으로 몸을 웅크렸다.

콰앙!!

궁전 한쪽이 요란한 소리를 내며 박살이 났다.

테오발트는 바람에 휩쓸려 궁전 안쪽으로 굴러 떨어졌다.

"폐하!!"

사람들이 경악을 하며 소리를 질렀다.

물론 테오발트를 부르는 소리는 아니다.

그가 싸우는 동안 스톰폴트의 국왕 일행이 마침 근처 지름길로 피신을 하고 있었다.

그런데 노비아의 공격으로 갑자기 벽이 무너졌고, 앗! 하는 사이 국왕이 그 잔해에 깔려버리고 말았다.

국왕은 잔해 사이에서 버둥거리며 비명을 질렀다.

"으아악!! 내 다리!!"

목청이 좋은 것으로 볼 때 다리 어디쯤이 깔렸을 뿐, 목숨에 지장이 있는 것 같진 않았다.

“레논 경! 어서 오라 블레이드로 이 잔해를 치워주게!”

누군가가 큰 소리로 레논을 불렀다.

국왕이 있으니 레논도 당연히 그 자리에 있었다.

테오발트는 힐끗 레논의 모습을 확인한 뒤 몸을 일으켰다.

두 발로 딛고 서기가 힘들다.

어딘가가 부러진 모양이다.

“테오발트! 괜찮은 거냐?”

레논이 국왕을 안심시키면서 갑자기 툭 튀어나온 테오발트를 쳐다봤다.

테오발트는 손을 내저었다.

“긴 말 말고 빨리 여기서 피해라.”

말하지 않아도 다들 왕을 구출해서 피신하려고 노력 중이었다.

콰앙!

그때 노비아가 맨주먹으로 건물을 때려 부수며 걸어들어왔다.

“허헉!!”

“컥!”

사람들은 기겁을 하며 몸을 부들부들 떨었다.

인간의 형상을 하고 있지만 직감적으로 상대가 소문의 마족이라는 것을 깨달은 것이다.

마치 인간들의 추측을 확신시켜 주려는 것 같았다.

노비아의 입꼬리가 부욱 찢어지면서 귓불에 닿을 때까지 치켜 올라갔다.

그림책 속에 나오는 악귀와 같은 형상으로 그는 크게 웃었다.

"키히히히히히! 구경꾼이 생겼구만!!"

땅이 진동하며 회오리가 일기 시작했다.

"맙소사!"

레논은 일단 국왕을 뒤로한 채 오라 블레이드를 뽑아 들었다.

하지만 뽑는 순간부터 이것으로는 적의 공격을 막을 수 없으리란 확신을 받았다.

"물러나라. 네겐 역부족이다."

테오발트가 레논을 뒤로 밀어냈다.

틀린 말은 아니지만 레논은 조금 발끈했다.

그래서 이럴 때가 아님을 알면서도 한차례 따졌다.

"역부족이라고 해서 그냥 목숨을 내줄 수는 없는 일 아니냐?"

"그보다 어디서 화초 같은 것을 구할 수 없겠느냐?"

"이런 상황에서까지 말장난하지 마!"

"다들 오해하는군. 이래 봬도 나름 진지하다만."

테오발트는 바닥에 나뒹굴고 있는 화분을 찾아냈다.

그는 부러진 화초에 손을 댔다.

그러자 신비하게도 줄기가 길게 자라나고 잎사귀가 움터 피어났다.

그것이 시작이었다.

우두두둑!!

잎사귀와 줄기가 뒤엉키며 빽빽할 정도로 무성한 풀숲이 생겼다.

어느 가지는 땅에 뿌리를 박고 몸을 뒤틀며 거대한 나무가 되었다.

수천 년은 묵은 것처럼 굵은 나뭇가지, 뿌리가 바위보다도 단단하게 땅을 옭아맸다.

터져 나갈 듯 막대한 양의 생기를 받아서!

와지끈!! 콰앙!

노비아가 일으킨 회오리바람은 나무들을 부수고 부러뜨렸다.

그러나 부러지는 것 이상으로 새로운 가지들이 자라 나왔다.

이윽고 바람은 힘을 다하여 스러지고 말았다.

사람들은 입을 벌리고 순식간에 자라난 거대한 나무들을 바라보았다.

이를 보고 너무도 신성하다고 해야 할지, 아니면 소름이 끼친다고 해야 할지.

"크흐흐흐흐흐."

그때 노비아가 낮게 웃기 시작했다.

그는 마법이 무효화되었다고 실망하지 않았다.

오히려 그는 희열에 가득 찼다.

"바로 이거다!! 바로 이것이야말로 네놈이 자랑하던 마법!!"

"딱히 자랑하고 다닌 기억은 없는데."

테오발트는 중얼거린 뒤에 잠시 입을 다물었다.

기억을 잃어버렸으니 옛날엔 자랑을 하고 다녔을는지도 모른다.

소소한 것은 넘어가자.

노비아의 양팔이 불끈거리며 팽창하기 시작했다.

어깨, 팔, 이어서 손을 휘감으면서 마력이 모여들기 시작했다.

지금까지 겪었던 그 어떤 것보다도 위험한 기운이었다.

"제대로 한 판 해보자. 설마하니 이게 전부는 아닐 테지?"

부웅!

그는 양팔을 마주 댄 채 높이 치켜올렸다.

마력도 순간 수십 배로 증폭했다.

더 지켜보고만 있을 수는 없었다.

테오발트도 힘을 끌어올렸다.

생기를 흡수한 나무들이 다시금 자라나기 시작했다.

나무들은 비단 방어만 하는 것이 아니라, 서로 몸을 꼬아 마치 뱀과 같은 형태를 만들며 노비아를 물어뜯으려 했다.

노비아도 바람을 잔뜩 응축시켜 이윽고 사자를 닮은 짐승을 완성했다.

옛 사람들이 말하던 바람의 화신이 그런 형태였을까.

쿠웅!!

마법으로 만들어진 두 짐승이 이윽고 맞부딪쳤다.

전투가 시작되자마자 바람의 사자가 나무 뱀의 목덜미를 으적 깨물었다.

나무 덤불이 반절이나 뜯겨 나갔다.

피해를 감수한 채 나무 뱀은 재빨리 몸체를 비틀며 반격을 시도했다.

그러나 사자가 거대한 발을 휘두르자 이내 몸통이 바깥 방향으로 와그작 부러졌다.

이 싸움의 결말은 누가 봐도 사자의 완승이었다.

"음."

힘이 달리자 테오발트는 결국 눈살을 찌푸렸다.

그 찰나의 반응을 노비아는 기가 막히게 포착해 냈다.

노비아는 안달복달하며 발을 굴렀다.

오줌이라도 마려운 것처럼 몹시 흥분하여 외쳤다.

"그래, 그래, 그래!! 어서 와라!! 죽을 각오로 덤벼보란 말이야!!"

"천박한 놈……!"

테오발트는 혀를 차며 마력을 끌어올렸다.

나뭇가지가 미미하게 빛을 내면서 전보다 더욱 빠르게 몸집을 불려 나갔다.

잠시 바람을 막는가 싶었다.

그러나 나무 뱀은 거센 바람을 이기지 못하고 다시 부러지기 시작했다.

우드드득!

"아아!"

사정없이 부러지는 나뭇가지들을 보며 사람들은 자신도 모르게 침음을 터뜨렸다.

그들은 주먹을 꽉 쥐고 나무 뱀을 응원했다.

조금만 더.

조금만 더!!

그 순간이었다.

생기를 북돋아 주던 빛이 한계를 넘은 것처럼 폭발했다.

나뭇가지는 폭발적으로 굵어지다가 다음 순간 시커멓게
썩어서 시들어 버렸다.

빛을 쏘인 모든 생물들이 가진 바 생명력을 찰나 간에 모조
리 소모한 뒤 검게 죽어갔다.

마치 죽음의 사자가 한 움큼씩 쥐어뜯은 모양새로.

"으아아아악!!"

생기가 폭발하는 순간 노비아도 한쪽 팔에 그 기운을 뒤집
어썼다.

살갗이 깨끗하게 치유되면서 잠깐 최상의 상태를 되찾는
듯했으나 순식간에 미라처럼 버석 쪼그라들기 시작했다.

그는 찢어질 듯 비명을 질렀다.

어깻죽지를 잡고 바닥을 떼굴떼굴 굴렀다.

드디어 끔찍한 마족에게 치명타를 입혔다!

"이럴 줄 알았지?"

돌연, 노비아가 고개를 들고 물었다.

그는 광대처럼 빙글 공중제비까지 돌면서 다시 몸을 일으
켰다.

마른 나뭇가지처럼 비틀려 있던 그의 팔이 기괴하게 부풀
었다가, 단 몇 초 만에 완벽한 형태로 재생되었다.

사람들은 믿어지지 않는 광경에 턱을 덜덜 떨었다.

그들은 황당할 정도로 엄청난 마법의 격돌을 목격했다.

그런데 마법을 정통으로 맞고도 저 마족은 조금도 타격을 받지 않은 것 같았다.

"크흐흐흐."

노비아는 음침하게 웃기 시작했다.

그는 이제 확신을 얻었다.

불사왕은 평소 생명을 다루는 마법을 즐겨 썼다.

그는 살아 있는 것을 활기가 넘치는 상태로 유지시켜 주기도 했고, 생명력을 전부 소진하여 죽음에 이르게도 했다.

이것은 왕의 힘이었다.

그러나 지금은 왕의 힘이라 할 수 없다.

마치 벌레처럼 그 권능이 미약했기 때문이다.

벌레를 어찌 왕이라 부를 수 있겠는가.

그의 생각대로 왕은 정말로 힘을 잃었다!

"크핫핫핫핫핫!! 왕은 죽었다!!"

노비아는 양팔을 크게 펼치고 일찌감치 단언했다.

미친 듯이 웃어 젖혔다.

엄청난 성량에 사람들은 비명을 지르며 귀를 막았다.

목소리가 큰 게 아니라, 그것은 마법으로 만들어낸 음성이었다.

왕성에 거주하는 모든 이들이 그의 목소리를 들을 수 있었다.

"드디어 때가 왔다!! 인간들이여, 두려워하라! 울부짖고 절규하라! 왕이 죽었으니 세상의 모든 사악하고 추악한 것들이 세상을 뒤덮을 것이다! 이윽고 사해의 문이 열리리라! 비루하고 비천한 네놈들에게 진정한 지옥을 보여줄 것이다!!"

쩌렁쩌렁!

사악하고 끔찍한 예언이 왕궁 전체를 뒤흔들었다.

어느 심약한 이는 벌써 바닥에 주저앉아 눈물을 줄줄 흘렸다.

"그 입 닥쳐!!"

그때 섬광처럼 한 줄기 빛이 날아왔다.

엔하가 크게 소리 지르며 신궁 가르시아로 화살을 날렸다.

노비아는 노성을 터뜨렸다.

"어디서 요정 찌꺼기 따위가!!"

그가 소리를 지른 것만으로도 빛의 화살은 허공에서 파열되어 버렸다.

그뿐 아니라 공간이 울렁거리며 후폭풍까지 몰아쳤다.

엔하는 급히 몸을 피했지만 발로 도망치기엔 이미 때가 늦었다.

사나운 진공파가 엔하를 집어삼키기 일보 직전이었다.

핑!

내달리던 엔하의 모습이 갑자기 사라졌다.

대신 작은 반딧불 같은 것이 하늘 높이 날아올랐다.

"요정……!"

사람들은 나지막이 감탄사를 냈다.

요정들은 몸집을 크게 했다가 손가락만 한 크기로 줄였다가 할 수 있다.

엔하는 그 수법으로 위기에서 탈출한 것이다.

"날파리 같은 년이!"

노비아가 분노하며 그녀를 뒤쫓으려 할 때였다.

어디선가 지그문트가 훌쩍 뛰어내리며 성검을 땅에 내리꽂았다.

어떤 상황에서도 그의 얼굴은 인형처럼 무표정했다.

휘둘러지는 성검의 궤적 또한 무심했다.

그렇다고 공격이 매섭지 않았던 것은 아니지만.

콰드드득!

얼음이 바닥에서부터 송곳처럼 치솟아 오르며 노비아를 꿰뚫을 기세로 돌진했다.

"윽!"

팔 한 짝이 날아가도 금방 복구해 버리는 노비아지만, 성검에 의한 공격은 조금 다르다.

조금이라도 피격을 당하면 마력을 영구히 잃어버리고 만다.

정말로 사양하고 싶은 일이었다.

노비아는 짜증을 내며 바람을 일으켜 몸을 보호했다.

피격을 당하면 치명적인 상처를 입게 되지만, 성검의 공격을 막는 일 자체는 어렵지 않았다.

얼음 공격은 쉽게 바람에 가로막혔다.

노비아는 자유로이 날 수 있는 엔하를 먼저 잡을 생각으로 하늘 위를 두리번거렸다.

엔하도 그 사실을 깨닫고 서둘러 안전한 지상으로 내려가려 했다.

날개를 가지고 있으나 하늘에서는 즉각적으로 방향 전환도 어렵고, 몸집이 작아진 만큼 유효한 공격을 먹일 수도 없다.

"지그문트!!"

그녀는 똑바로 지그문트를 향해 하강하며 소리쳤다.

목소리가 들리자마자 지그문트는 허공 위로 손을 뻗었다.

눈으로 그녀의 위치를 확인조차 않았다.

핑!

엔하가 다시 인간의 모습으로 둔갑하면서 지그문트의 손을 붙잡았다.

그 순간 지그문트는 크게 몸을 회전해 그녀를 나무 수풀 쪽으로 집어던졌다.

엔하는 옆으로 날아가면서 마치 묘기를 부리듯 신궁을 당겨 화살을 쏘았다.

"이것들이?!"

노비아는 짜증을 내면서 방어막을 펼쳐 화살을 막았다.

그리고 엔하의 뒤를 쫓아 수풀 방향으로 몸을 날리려 했다.

그러나 어느새 지그문트가 진로를 가로막고 있었다.

"완벽한 호흡이로군."

전장과 멀찍이 떨어진 곳에서 테오발트는 턱을 어루만지며 감상을 내놓았다.

엔하의 부름에 지그문트가 보여준 반응은 무의식 이상이었다.

절대적인 신뢰가 공존하는 전우 간이 아니고서는 불가능한 일이다.

그는 부서진 벽에 등을 기대고 전황을 둘러보았다.

전투는 아주 치열하게 진행 중이었다.

지그문트는 근접한 상태에서 성검을 휘둘러 노비아를 밀어붙였다.

엔하에게 접근하지 못하게 하는 역할도 맡고 있었다.

그동안 엔하는 가능한 거리를 벌린 채 나무 수풀에 몸을 숨기고 저격을 했다.

핑!

그녀는 정신을 집중한 채 또 한 발 화살을 쏘았다.

노비아는 한참 지그문트의 공격을 막고 있었으나 순간적으로 틈을 노리고 날아오는 공격도 쉽게 막았다.

연합 공격이 주춤하던 것도 잠시, 그는 점차 이 패턴에 익숙해지고 있었다.

노비아는 이제 히죽거리면서 두 사람을 도발하기 시작했다.

"버러지 같은 새끼들아, 그게 네놈들이 할 수 있는 전부냐?"

짧은 순간 강한 상승기류가 생기면서 지그문트의 몸이 붕 떠올랐다.

"크핫핫! 저 멀리 날아가라!"

노비아는 장난치듯 그의 배에 주먹을 꽂았다.

그는 방망이로 얻어맞은 공처럼 날아가 멀찍이 떨어진 벽에 처박혔다.

콰앙!!

건물이 우수수 부서지는 가운데, 노비아는 손끝으로 엔하의 목줄기를 가리켰다.

그의 명령에 따라 공기가 스스로 칼바람을 만들어 엔하의 목을 베기 위해 들이닥쳤다.

엔하는 눈을 크게 떴다.

정신을 집중한 채 활을 당기고 있었기 때문에 더욱 움직임이 늦었다.

피할 수가 없었다.

"그렇게는 안 돼!!"

그때 순간적으로 앞으로 가로막고 나선 이가 있었다.

레논이었다.

그는 크게 기합을 지르며 오라 블레이드를 치켜올렸다.

오라가 기름을 부은 것처럼 맹렬하게 타올랐다.

쩌엉!

칼바람이 두 동강이 나며 엔하의 양 귓가를 스치고 지나갔다.

엔하는 그때까지도 활시위를 당긴 채 자세를 흩뜨리지 않고 있었다.

우우우웅!!

신궁 가르시아가 몸체를 가늘게 떨었다.

시위에 걸린 화살도 강하게 빛을 뿜었다.

시위를 떠나는 순간 화살이 스스로 쪼개지며 눈 깜짝할 사이 스무 개로 늘어났다.

하늘에서부터 화살의 비가 노비아를 덮쳤다.

"너무 시시하잖아!"

그러나 회심의 공격은 노비아가 팔을 휘익 휘둘러서 만들어낸 진공막에 가로막혔다.

순간적으로 틈을 노렸음에도 화살들은 허무하게 부러지고 말았다.

"푸하하하하! 어디 마음껏 재주를 부려봐라! 버러지 같은 새끼들!!"

노비아의 괴소에 나무와 건물들이 우르릉 울렸다.

쾅!

그때 지그문트가 처박혀 있던 성벽으로부터 얼음 기둥이 뻗어 나왔다.

보석처럼 반짝이는 얼음 결정들을 헤치며 지그문트가 다시 한 번 노비아를 향해 돌진했다.

"타하!"

짧고 간결한 기합!

단 한 번도 공격이 통하지 않았으나 그는 공격을 멈추지 않았다.

검로에도 한 점의 흐트러짐이 없었다.

"지그문트……."

그 광경을 보고 엔하도 다시 신궁의 시위를 당겼다.

"키힛힛힛. 덜 떨어진 놈들."

경박하고 천한 마족이 영웅들을 비웃으며 거대한 폭풍을 불러일으켰다.

이번에도 레논이 엔하를 보호하기 위해 나섰다.

그러나 오라 블레이드가 그렇게 보잘것없게 보일 수가 있을까.

"크악!"

결국 그는 힘없이 옆으로 튕겨 나가고 말았다.

엔하는 활을 당기고 있다가 그 광경을 보고는 이를 악물었다.

그녀는 땅을 박차고 다시 조그마한 요정의 모습으로 화하여 하늘로 날아올랐다.

허공을 크게 한바퀴 돈 뒤 그녀는 다시 바닥에 내려와 활을 당겼다.

하지만 노비아의 공격을 피해 다시 날아올라야 했다.

그런 행동을 반복하다 보니 엔하는 아예 공격 자체를 거의 시도하지 못하는 상태였다.

"하나가 부족하군."

테오발트가 턱을 어루만지며 중얼거렸다.

지그문트는 전방에서 쉴 새 없이 성검을 휘두르며 마족을 밀어붙인다.

엔하는 비교적 안전한 후방에서 저격을 한다.

그러나 지그문트는 근접 공격을 하는 것으로도 벅차 엔하를 완벽하게 보호할 수 없었다.

엔하가 저격에 집중할 수 있도록 때때로 날아오는 공격을 걷어줄 사람이 필요했다.

레논이 얼떨결에 그 역할을 자청했지만 보다시피 완전히 역부족.

아마 그 옛날에는 또 다른 성검의 보유자인 난쟁이 기사가 그 역할을 맡았으리라.

"뭐 세 명이 갖춰졌다고 마족을 물리칠 수 있을 거라는 건 아니지만."

"이, 이것 보게. 그쪽도 같이 싸워야 하는 거 아닌가?"

여전히 잔해 더미에 깔린 채 국왕이 더듬거리며 물었다.

경황 중이라 잠깐 잊고 있었지만 테오발트도 잠깐이나마 저 마족과 엄청난 격돌을 보여준 바가 있다.

"마, 맞아. 어서 돕지 않고 뭘 하는 건가."

다른 사람들도 우왕좌왕하며 테오발트를 떠밀었다.

"한 팔 거들어야 할 것 같긴 한데……."

테오발트는 입맛을 다셨다.

전황은 점점 더 불리해져 갔다.

허공을 부유하던 엔하는 다시 바닥을 딛고 활을 당겼다.

어느새 숨이 거칠어져 있었다.

인간의 모습으로, 다시 작은 요정의 모습으로 둔갑하는 것 은 사실 큰 체력을 요하는 일이다.

하지만 그런 것은 아무래도 좋다.

그까짓 것이 무슨 문제이랴!

진짜 끔찍한 것은 이 화살을 아무리 쏘아도 조금도 피해를 줄 수 없으리란 확신이다!

쿠과광!

얼음 벽을 엄폐물로 이용하며 움직이던 지그문트가 노비아가 일으킨 바람에 휘말렸다.

팔이 갈가리 찢어질 듯 비틀리는가 싶었는데, 어느 순간 운 좋게 돌풍에서 벗어났다.

실로 일촉즉발의 상황이었다.

그러나 엔하는 그 광경을 보고 소리를 지르거나 안도의 한숨을 내쉬진 않았다.

자신이 할 수 있는 일은 숨을 죽인 채 기회를 노리다가 적에게 아주 미세한 생채기라도 만드는 것!

상처를 입은 마족은 마력을 잃는 것을 두려워하여 보통 전투를 포기하고 도주한다.

과거 신마전쟁 때 엔하를 포함한 세 영웅은 수백 번 이상 앙브라스에게 도전하여 조금씩 상처를 입혔고, 마침내 대부분의 마력을 잃은 그를 쓰러뜨리고야 말았다.

하지만 말로 하니 쉽다!

한 번의 싸움마다 얼마나 많은 사람들이 희생되었는가.

또한 얼마만한 운이 따랐기에 가능했던 일인가!

그렇다, 모든 건 운이었다고 해도 과언이 아니다!

다시 그러한 일을 겪는다면 과연 승리할 것이라 자신할 수 있는가?

화살 끝이 조금씩 떨렸다.

엔하는 숨을 고르게 쉬기 위해 노력했다.

그러나 한 번 심마에 빠진 정신은 쉽게 다스려지지 않았다.

손가락 사이로 식은땀이 흘러 활을 떨어뜨릴 것만 같았다.

"신이시여, 신이시여, 자비를 베푸소서."

그녀가 입술을 파르르 떨며 억지로 활을 추켜세울 때였다.

누군가 등 뒤로 다가와 어린아이 자세를 잡아주듯 신궁을 함께 쥐었다.

엔하는 눈을 크게 뜨고 뒤를 돌아봤다.

"테, 테오발트? 이게 무슨 짓이냐!"

"쉿."

테오발트는 그녀를 달래며 고개를 들어 노비아의 모습을 확인했다.

노비아는 지그문트를 농락하는데 정신을 파느라 엔하는 잠시 뒷전에 밀어놓고 있었다.

"이거 놓지 못할……!!"

테오발트는 천천히 힘을 주어 시위를 당겼다.

그를 뿌리치려던 엔하는 순간 눈을 크게 떴다.

가느다란 한 줄기 화살에 엄청난 양의 빛이 모여들기 시작했다.

신궁 가르시아도 신체를 부르르 떨며 스스로 형태를 바꾸었다.

성인의 키만큼 거대한 노궁에 걸린 것은 화살이라기보다 휘황한 섬광의 다발!

투웅!

무거운 파공성을 내며 섬광이 노비아를 목표로 날아갔다.

시위에서 떠나는 순간 섬광은 강하게 폭발하며 수십 배 이상으로 팽창했다.

지그문트와 노닥대던 노비아는 한쪽에서 어떤 기척을 느꼈다.

쪼그마한 요정 계집이 또 화살을 날렸으리라.

그는 건성으로 손을 휘저어 방어막을 만들었다.

그리고 뒤늦게 상상을 초월하는 거대한 섬광을 목격했다.

"컥?"

노비아는 자지러질 듯 놀랐다.

그러는 동안 벌써 섬광은 코앞까지 들이닥쳤다.

그가 대충 만든 방어막 따윈 순식간에 깨부수며.

“크아아아아아아악!!”

그 섬광을 뒤집어쓰는 순간 그는 형체도 남기지 못하고 순식간에 재가 되어버리리라.

노비아는 목에 핏대를 세우며 사력을 다해 섬광을 가로막았다.

급조한 방어막이 깨질듯 말듯 공격을 버텼다.

그사이 수십 개, 수백여 개의 보호 마법진이 겹겹이 방어막 위로 몰려들었다.

쿠과과과과과!!

막았다!

눈부신 빛의 충돌 속에서 노비아는 입술을 비식 열어 웃었다.

그러나 얼굴이 다시 일그러지는 것은 금방이었다.

마법진 중 하나가 압박을 이기지 못해 파삭 부서져 나갔다.

이내 다른 진에도 거미줄 같은 실금이 생기기 시작했다.

성력을 잔뜩 머금은 빛이 새어 나와 그의 육신과 마력을 태웠다.

그러나 제대로 된 마법진을 만들기엔 그에게 허락된 시간이 너무나 부족했다.

“……!!”

이윽고 섬광이 마법진을 완전히 깨부수고 튀어나오는 순간!

노비아는 찢어질 듯 눈구멍을 부릅뜨고 테오발트를 보았다.

신궁을 든 채 서 있는 그의 모습을.

너무 화가 나고 분통이 터져 미칠 것 같았다.

역시나 힘을 숨기고 있었구나!

잠깐 방심했을 뿐인데 이런 식으로 뒤통수를 맞을 줄이야.

불사왕, 불사왕!

"너 이노오오오오옴!!"

목구멍으로 피고름을 토하며 노비아는 괴성을 내질렀다.

동시에 거대한 섬광이 그를 집어삼켰다.

그가 마지막으로 남긴 말의 메아리마저 흔적도 없이 잡아먹었다.

성스러운 빛다발이 하늘을 꿰뚫었다.

"아아."

왕궁과 수도에 사는 모든 사람들이 그 광경을 목격했다.

감히 어떠하다는 평가를 내릴 수도 없었다.

그들이 할 수 있는 일은 그저 작게 탄성을 지르는 것뿐이었다.

엔하 또한 멍하니 천공을 쳐다보다가 다시 고개를 돌려 테오발트를 바라봤다.

"너, 너는 대체 누구지?"

그녀는 급히 이어서 물었다.

"신께서 보낸 사자인가?"

"제대로 헛짚는구나."

테오발트는 실소를 하며 그만 신궁에서 손을 떼려고 했다.

그런데 신궁이 그의 손에 달라붙어 떨어질 생각을 안했다.

그는 가르시아를 빤히 쳐다보다가 팔을 흔들어 떨어뜨리려 했다.

파앗!

그때 갑자기 신궁이 빛을 뿜었다.

조금 전처럼 스스로 형태를 바꾸더니 마치 팔찌와 같은 모양새로 테오발트의 팔에 착 감겼다.

테오발트는 인상을 찌푸렸다.

그는 다른 손으로 팔찌를 힘껏 당겨 끝내 뽑아냈다.

그리고 다시 달라붙으려 하는 가르시아를 저 바닥에 내팽개쳤다.

철퍼덕!!

빵 뭉개지는 것과 비슷한 소리를 내며 신궁 가르시아가 바닥에 처박혔다.

잠시 후 가르시아는 빛을 뿜으며 본래의 평범한 활의 형태로 되돌아왔다.

신궁 가르시아의 원주인인 엔하는 당황스러운 눈으로 일련의 상황을 지켜보았다.

그녀는 말을 더듬으며 물었다.

"이, 이게 무슨 일인가?"

"내 본의는 아니었다. 보다시피 달라붙어 떨어지질 않으려 해서 말이야."

"대체 왜……."

테오발트는 팔을 주무르며 대꾸했다.

"그야 너보다 내가 신궁을 훨씬 잘 다루기 때문이지."

엔하는 거의 평생 동안 신궁과 더불어 살았다.

그의 힘을 빌어 마족을 물리치는 위업을 세우기도 했다.

엔하로서는 당황스러울 수밖에 없었다.

그러나 이내 표정을 굳히고 가르시아를 주워 테오발트에게 내밀었다.

"신궁이 새로이 주인을 선택했다면, 신궁을 가져야 할 사람은 바로 너다."

테오발트가 만들어 낸 거대한 화살을 두 눈으로 직접 보왔다.

어찌 감히 신궁의 소유권을 주장하겠는가.

그러나 테오발트는 고개를 저으며 신궁을 받은 뒤, 도로 엔하의 손에 쥐어주었다.

"신궁에겐 본래 고정된 형태가 없다. 다만 사용자가 쓰기 편하도록 활의 모습을 갖추고 있을 뿐이다. 그렇게 따지자면 신궁이란 명칭 자체가 잘못된 셈이다만. 어쨌든 크게 필요치 않을 때는 간단한 장신구로 바꾸어 쓰는 것이 편할 것이다."

그가 한차례 어루만지자 가르시아가 팔찌로 변해 엔하의 팔목에 감겼다.

엔하는 이해할 수가 없어서 물었다.

"어째서 신궁의 주인이 되길 거부하는 것인가?"

테오발트는 머리카락을 쓸어 넘겼다.

"그것은 약한 것들을 위해 만들어진 것이다. 내겐 필요없는 물건이다."

무엇을 믿고 이렇게 오만한가.

그의 눈이 누구를 굽어살피고 있는가.

짧은 순간 엔하는 그의 존재에 숨이 막혔다.

"뭐 한두 번쯤 빌려 쓸 수는 있겠지만."

테오발트가 피식 웃으며 한마디 덧붙였다.

덕분에 그녀는 다시 현실로 되돌아올 수 있었다.

문득 그녀는 고개를 갸웃했다.

흐트러진 머리카락 사이로 언뜻 보이는 눈동자가 붉은 빛을 띠는 것 같았다.

테오발트는 고개를 돌려 지그문트에게 시선을 주었다.

마족과 치열한 공방을 펼쳤는데, 놀랍게도 그는 큰 상처를 입지 않은 것 같았다.

지그문트는 무뚝뚝한 표정으로 바닥에 떨어져 있던 성검을 주워 들었다.

테오발트가 그 광경을 보고 대뜸 말했다.

"성검 브룬힐트는 아마도 암컷일 것이다."

"그건 또 무슨."

단 한마디도 평범한 게 없다.

당황하고 있는 엔하를 위해 테오발트는 대답했다.

"신궁 가르시아는 보다 뛰어난 자가 나타난다면 언제든지 그자를 택해 떠날 것이다. 그러나 브룬힐트는 다르다. 그녀는 아마 평생 동안 지그문트의 곁을 떠나지 않으리라. 그것은 피와 살이 없는 검이 한 사내를 지극히 사랑하게 되었기 때문이지."

"……."

성검이 사랑에 빠졌다는 황당한 소리를 들었으나 엔하는

조금도 의문을 가지지 않았다.

그럴 수도 있겠다는 것이 솔직한 감상이었다.

지그문트는 진실로 훌륭하고 빼어난 사내였다.

지그문트를 만난 모든 여인들이 그를 흠모했을 지경이었다.

그래서 요정 족의 공주였던 그녀도 그를 사랑하고 말았다.

하지만 사랑받지는 못했다.

그래도 그녀는 만족한다.

그가 얼마나 매력적인 사내였는지 아는 자가 얼마 없다는 것이 안타까울 뿐이다.

치열했던 하루해가 넘어가고 있었다.

*   *   *

서열 91위의 고위 마족 그류페인.

그는 검은 공간 한가운데로 걸어가 깊이 머리를 조아렸다.

높은 곳에서 네 개의 그림자가 그를 내려다보고 있었다.

"어찌 되었느냐, 그류페인!"

"성질 급한 열성마족 하나를 충동질해서 왕을 공격했습니다. 그러나 왕이 힘을 잃었는지 어떠한지 여전히 확신을 내릴 수가 없었습니다."

그류페인이 손을 움직이자 검은 공간 위에 영상이 떠올랐다.

테오발트가 쏜 화살에 맞아 노비아가 재로 변하는 광경이 빠르게 지나갔다.

네 개의 그림자가 불편한 기색을 드러냈다.

"개밥으로도 써먹지 못할 열성마족 놈! 거기서 방심을 하다니. 정신을 바짝 차렸다면 화살을 막을 수도 있었을 터!"

"하지만 본디 신궁의 위력은 저렇게 강력하지 않다. 그놈이 당황해서 죽임을 당한 것도 무리는 아니지. 왕은 정말로 무력한 존재로 전락한 것인가, 아니면 다른 꿍꿍이속이 있는 것일까."

"그 어느 때보다도 신중해야 할 것이다. 불사왕의 권위는 절대적이다. 왕이 발아래를 가리키며 멸망하라고 명령한다면 우리들은 죽을 수밖에 없다."

그류페인이 깊이 머리를 조아렸다.

"당연한 말씀인 줄 아옵니다. 일부러 위험을 자초할 필요가 있겠습니까? 이럴 때는 철저하게 모습을 감추고 인간을 이용하는 것이 최적입니다. 이 대륙엔 모래알만큼이나 많은 수의 인간들이 있으니까요."

네 개의 그림자 중 하나가 피식하고 웃음을 터뜨렸다.

곧 천천히 어둠 속에서 얼굴이 드러났다.

그는 그류페인의 직속상관이며, 남부 마도왕국의 군주 라우지 토가였다.

라우지 토가는 입꼬리를 비틀며 말했다.

"그류페인, 네 도발에 넘어가서 불사왕에게 덤볐다가 불귀의 객이 된 노비아가 지옥에서 네놈을 저주하고 있을 것이다."

"악령의 저주가 두려워서야 마족이라 할 수 있겠습니까."

그류페인이 제 상관과 꼭 닮은꼴로 입꼬리를 올렸다.

"감질나지만 지금은 인간들을 이용해서 왕을 곤란하게 만드는 선에서 참아야겠군. 그만 가서 네 역할에 충실하도록 해라."

라우지 토가는 마지막으로 명령을 하달한 뒤 모습을 감추었다.

나머지 세 그림자도 하나씩 어둠 속으로 사라졌다.

머리를 조아리고 있던 그류페인은 몸을 일으켜 어둠으로 가득한 방을 나섰다.

기이한 공간을 나서니 그곳은 잉크와 종이 냄새가 물씬 풍기는 아주 평범한 집무실이었다.

집무실에 발을 디디는 순간 그류페인의 모습도 변했다.

그는 본디 매우 잘생긴 청년의 외모를 하고 있었다.

하지만 어느 사이 그는 평범한 외모의 인간이 되어 있었다.

"대공 전하, 스톰폴트 왕국에서 사신이 도착했습니다."

"알았다. 사신들을 위해 아주 성대한 파티를 열어야겠구나."

늙은 시종장의 보고에 키루스 공국의 군주, 키루스 대공이 몸을 일으켰다.

Chapter 03

쿠르트

THE KING OF
IMMORTALITY

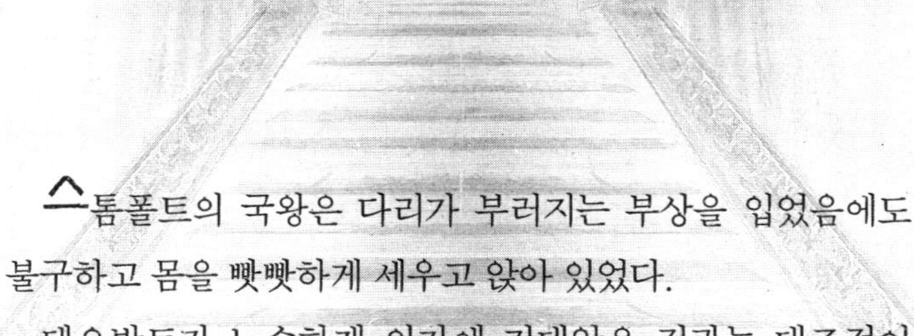

스톰폴트의 국왕은 다리가 부러지는 부상을 입었음에도 불구하고 몸을 빳빳하게 세우고 앉아 있었다.

테오발트가 느슨하게 의자에 기대앉은 것과는 대조적이다.

"폐하?"

잠시 근처 휴양지에서 시간을 보내다가 왕궁으로 돌아온 안스바하 왕자는 그런 국왕을 이상하게 보았다.

하지만 왕은 손사래만 칠 뿐이었다.

국왕은 누구보다도 가까운 곳에서 마족과의 싸움을 지켜

보았다.

테오발트가 신궁을 다루는 모습도 당연히 목격했다.

"우리들의 진정한 적은 그런 잡다한 놈이 아니라, 듐 왕국의 마링겐 왕비요."

테오발트가 좌중을 둘러보며 말했다.

그 자리에는 지그문트와 엔하도 자리하고 있었다.

엔하가 눈썹을 꿈틀했다.

"감히 마족을 상대로 잡다하다는 평을 내릴 수가 있는가?"

사해의 마법사들 중 대표로 나온 악터스가 대꾸했다.

"인간들이 각기 다른 능력을 가지고 있듯, 마족도 잡다한 놈에서부터 신분이 높고 강력한 자들까지 다양한 부류가 있다. 며칠 전에 급습해 온 마족은 까마득히 서열이 낮은 중급 마족이었다."

"그 마족이 중급 마족이라면 마링겐 왕비는 얼마나 강한 마족인가?"

"일명 집시왕비. 그녀는 세상에서 가장 강력한 마족이다."

"……."

너무 쉽게 말해서 오히려 진정성이 없었다.

하지만 사견은 달지 않았다.

마법사들은 믿지 않지만 테오발트는 믿었다.

그는 신궁 가르시아의 인정받은 자, 말인즉슨 그의 신성을 믿는 셈이다.

테오발트는 손가락으로 담뱃대를 굴리며 말했다.

"집시왕비는 둠 왕국의 왕비 노릇을 하며 인간들을 부리고 있습니다. 따라서 집시왕비를 제거하기 위해서는 먼저 둠 왕국의 병사들부터 상대해야 합니다."

국왕이 식은땀을 닦으며 물었다.

"그렇다면 우리들은 앞으로 어떻게 해야 하는가?"

"예정대로 군사를 일으켜 둠 왕국과 일전을 치르십시오. 인간들의 싸움은 주로 국왕께 맡기겠습니다. 나는 마족의 동향을 주시하며 개인적으로 움직일 생각입니다."

"이, 인간들의 싸움……."

마치 자신은 인간이 아니라는 느낌을 준다.

정말로 신의 사자란 말인가!

국왕은 자신도 모르게 신음을 흘렸다.

이미 많은 사람들이 국왕처럼 착각을 하고 있었다.

신궁의 위용이 실로 장엄했기 때문이다.

국왕은 살짝 흥분해서 말했다.

"온 나라의 국민들이 신궁의 인정을 받은 자를 만나고 싶어하네. 이 즈음에서 자네가 전면에 나서는 것은 어떤가? 자네가 마링겐 왕비의 손에 멸문한 베르그이젤의 후손이란 사

실이 알려진다면 아마 반향이 아주 클 것이야. 모든 전쟁에는
영웅이 필요한 법이지!"

테오발트는 손사래를 치며 거절의 의사를 밝혔다.

국왕은 조심스럽게 물었다.

"어째서 신분이 드러나는 것을 싫어하는가?"

"당시엔 신궁을 사용했지만 본래 내 특기는 마법입니다.
나는 사해의 마법사들을 이끌고 있기도 합니다. 모두 신의 사
자라는 단어와는 상반되는 것들입니다. 이래서는 혼란을 줄
뿐입니다. 그날 신궁을 사용했던 것은 요정 족의 여왕이었다
고 말해두십시오. 또한 영웅은 지금으로도 충분할 터."

테오발트는 엔하와 지그문트를 가리켰다.

엔하가 말했다.

"신궁을 사용했던 것은 내가 아니다. 이미 많은 이들이 그
날의 광경을 목격했다. 아무리 진실을 숨기려 해도 언젠가는
너의 존재가 사람들에게 알려질 것이다. 그때는 어떻게 할 것
인가?"

"밝혀지면 어쩔 수 없고."

"……."

무성의한 말에 불편한 침묵이 생겼다.

그러나 어느새 테오발트의 화법에 익숙해진 듯, 그 화제는
유야무야 넘어갔다.

국왕이 말했다.

"알다시피 현재 본국의 사정이 좋지 않네. 이해할 수 없는 것은 본국과 동맹을 유지하지 않으면 사정이 급해지는 나라들까지 계속 적대적인 태도를 유지하고 있다는 것이네. 마치 모든 나라들이 스톰폴트를 궁지로 몰아넣기 위해서 작당이라도 한 것처럼."

한때 사해의 마법사 건으로 궁지에 몰린 적도 있지만, 신마전쟁의 신물과 영웅들이 나타나고 요정 여왕이 스톰폴트를 지지하겠다는 성명을 발표하는 등 여러 가지 호재가 있었다.

따라서 국왕은 분위기가 반전되리라 믿어 의심치 않았다.

그런데 여전히 주변국들의 태도는 냉랭했다.

며칠 전에는 북부에서 가장 큰 영향력을 미치고 있는 정화와 물의 신전에서 스톰폴트를 향해 강하게 비난을 퍼붓기도 했다.

헤문 교황은 어떤 해명을 하든지 무조건 거짓말로 치부하고 끝까지 사해의 마법사 건으로 트집을 잡았다.

그야말로 막무가내!

내색하고 있진 않지만 사실 국왕은 입안이 바싹바싹 타들어가고 있었다.

현재 스톰폴트는 국제적으로 완전히 고립된 것이나 마찬가지였다.

"마족이 연관되어 있을 가능성이 높겠군."

테오발트가 턱을 괴며 중얼거렸다.

그 말에 국왕이 즉시 반응했다.

"여, 역시 그렇게 생각하는가?"

말은 꺼냈지만 그는 잠시 침묵을 지켰다.

스톰폴트가 열세에 몰린 것을 전부 마족의 탓이라고 치부하기가 아직은 껄끄러운 국왕이었다.

하지만 현 상황이 상식적으로 이해하기 힘든 방향으로 흘러가고 있는 것도 사실이다.

"…일단 그의 이야기를 들어보게. 혹시 자네에게 도움이 될지 모르겠군."

결국 국왕은 회의실 안으로 한 남자를 불러왔다.

레클리스라는 이름의 문관이었다.

"저는 얼마 전 키루스 공국에 사신으로 다녀왔습니다."

그는 깊이 머리를 조아려 예를 표한 뒤 이야기를 시작했다.

키루스 공국은 수십 년간 스톰폴트에 공물을 바쳐 온 작은 나라였다.

그런데 사해의 마법사 일로 스톰폴트가 잠시 주춤하자 그 기회를 틈타 큰소리를 치며 배짱을 부리기 시작했다.

스톰폴트로서는 매우 괘씸한 일이었지만, 둠 왕국과 대치

하고 있는 상황에서 키루스 공국을 치는 것은 여러모로 곤란한 감이 있었다.

국토의 대부분이 산지로 구성된 키루스 공국은 천연의 요새가 많아 단시간에 공략하기가 힘든 나라였다.

또한 전쟁이 코앞인데 키루스에서 들어오는 철광석 물량이 끊어진다면 다소 곤란해질 것이다.

국왕은 이를 부득부득 갈면서 아주 잠시만, 한 발 물러서기로 했다.

어차피 키루스 놈들도 진심으로 스톰폴트와 맞설 생각은 아닐 것이다.

진짜 전쟁이 터지면 손톱만 한 키루스 공국이 대국 스톰폴트의 상대가 될 리가 만무하기 때문이다.

약간의 혜택을 보장하면 잠잠해지리라.

그리하여 레클리스는 키루스 공국을 달래기 위해서 사신으로 보내졌다.

키루스의 험한 산길을 헤치고 그는 이윽고 궁전에 도착했다.

지금까지 스톰폴트에서 사신이 당도하면 키루스 공왕은 항상 극진히 대접해 왔다.

그런데 이번엔 분위기가 달랐다.

키루스 공왕은 꼬박 하루 동안 레클리스를 포함한 사신 일

행을 궁전 밖에 위치한 허름한 손님용 숙소에서 머무르게 했
다.

뒤늦게 연락을 받았다며 일행을 궁전 안으로 들이게 하고
도 푸대접은 계속되었다.

물이 모자라 목욕물을 내어줄 수 없게 되었다는 등, 저녁식
사로 덜 익어 피가 흐르는 고기를 내놓는 등.

레클리스는 크게 분노했다.

그러나 한편으로는 의아하기도 했다.

이런 식으로 나온다면 스톰폴트는 체면 때문에라도 가만
히 있을 수가 없다.

키루스 공왕은 진심으로 스톰폴트와 끝장을 볼 생각인가?

대체 뭘 믿고?

의문을 품은 채 레클리스는 키루스 공왕과 대면하게 되었
다.

키루스 공왕은 조소가 잔뜩 묻은 얼굴로 그를 굽어보고 있
었다.

"키루스 공왕이여, 이것은 대스톰폴트의 군주께서 그대를
위해 하사한 귀한 술입니다. 이 술을 받고 10년간의 동맹을
다시금 공고히 하였으면 합니다."

레클리스는 마뜩찮은 기분으로 키루스 공왕에게 술잔을
내밀었다.

키루스 공왕은 오만하게 한 손으로 술잔을 받았다.

공손하게 두 손으로 받들어도 모자랄 것을!

레클리스는 속으로 이를 부득부득 갈았다.

화평의 임무를 띠고 왔으나 저런 것들과 손을 잡아야 하는 것인가 몇 번이나 의문이 들었다.

그때 술을 한 모금 삼킨 키루스 공왕이 갑자기 무슨 독약이라도 마신 것처럼 발작적으로 구역질을 했다.

"크악!! 우웩!"

목을 부여잡고 그는 귀한 술을 계속 토해냈다.

한참 뒤 그가 얼굴을 시뻘겋게 만들고 고개를 휙 쳐들었다.

"이, 이따위 개도 먹지 못할 것을 술이라고 가져오다니!! 이런 씹어 먹을 스톰폴트 놈들! 네놈들이 동맹을 청하러 온 것이 아니라 짐을 조롱하러 왔구나!! 뭣들 하느냐, 당장 저놈들을 끌어내지 않고!"

"뭐, 뭐라고?!"

레클리스는 황당함에 소리를 쳤다.

그가 가져온 것은 스톰폴트 왕실에서만 특별히 전해지는 정말로 귀한 술이다.

그걸 개도 먹지 못할 술이라고 소리치고 토하다니, 스톰폴트와 한판 해보자고 트집 잡는 것이 분명했다.

공왕이 저놈들을 죽여 버리라고 펄펄 날뛰는 바람에 레클리스는 하마터면 목숨을 잃을 뻔했다.

새파랗게 질린 대신들이 공왕을 뜯어말려 간신히 목숨은 부지했다.

사신 일행은 그날로 궁전 밖으로 쫓겨났고, 거지꼴로 스톰폴트로 돌아와야 했다.

레클리스는 여전히 분이 가라앉지 않는지 이야기를 하는 도중 얼굴이 벌게져 있었다.

감정이 격해진 레클리스는 넙죽 바닥에 엎드려 외쳤다.

"폐하! 키루스 공국을 이대로 둔다면 온 세상이 스톰폴트를 비웃고 얕볼 것입니다. 당장 군세를 일으켜 주제도 모르는 키루스 놈들을 노인, 어린아이 할 것 없이 모조리 쓸어버리고 온 세상이 스톰폴트의 깃발 아래 떨게 하소서!"

"알았으니 나가보게."

국왕은 일단 레클리스를 밖으로 쫓아냈다.

겨우 회의장이 다시 조용해졌다.

국왕은 얼굴을 딱딱하게 굳힌 채 말했다.

"가까운 시일 내에 키루스 놈들과 결착을 볼 것이네."

일단 단정한 뒤, 국왕은 탁자 위에 갑자기 술병을 올려놓았다.

병의 형태부터가 고상한 것이 무척 귀한 술인 듯했다.

"자네에게 이야기해 주고 싶은 것은 지금부터네. 사실 당시엔 키루스 공왕이 트집을 잡으려고 술을 토했다고 여겼지. 하지만 이제 와서 생각해 보면 다른 가능성도 있다는 생각이 드네. 스톰폴트 왕가에서는 오래전부터 성수를 이용해서 술을 빚어 특별한 날에 즐기곤 했네. 키루스 공왕에게 하사한 술도 성수로 빚은 술이었지."

테오발트는 그제야 흥미로운 얼굴로 술병을 응시했다.

"과연. 사악한 마족들에게 성수는 독약이나 다를 바가 없지. 그깟 성수 한 모금에 큰 타격을 입진 않겠으나, 아마 목구멍이 화끈했을 거야."

국왕은 헛기침을 했다.

"크흠, 짐은 키루스 공왕이 대체 뭘 믿고 본국과 대적하려는지 그 이유가 무척 궁금한 참이네."

키루스 공왕을 마족이라 단정하지는 않았으나 의심이 간다는 것을 간접적으로 표명한 셈이다.

테오발트는 턱을 어루만졌다.

"이런 상태로는 둠 왕국의 움직임을 제대로 저지하기가 힘들 터. 키루스 공국으로 가서 조사를 해보는 것이 좋을 것 같군요."

"자네가 나서준다면 내 마음이 아주 든든할 걸세."

빠른 시일 내에 키루스 공국으로 떠나기로 일정이 정해

졌다.

그때 지그문트가 손을 들었다.

"나도 움직임을 같이하겠다."

의외의 발언이었다.

지그문트는 신마전쟁의 영웅으로서 전면에 나서서 해줘야 할 일이 많았다.

그런데 테오발트와 함께 개별행동을 하겠다니?

"좋을 대로."

테오발트는 대충 대꾸했다.

지그문트가 왕국을 떠나겠다는 말에 국왕은 난감한 표정을 지었다.

그는 빠르게 머리를 굴렸다.

엔하도 있으니 그녀에게 역할을 맡기는 수밖에.

그때 엔하가 말했다.

"지그문트, 반드시 떠나야겠는가? 나는 론 경을 만나기 위해 난쟁이 왕국을 찾아갈 생각이다. 그동안 그대가 왕국에 남아 사람들을 독려해 주었으면 한다."

지그문트는 무뚝뚝한 얼굴로 거절의 뜻을 표했다.

국왕이 황급히 말했다.

"반드시 여왕께서 직접 가셔야겠소? 론 경의 도움을 청할 작정이라면 전에 말씀하셨듯이 전령을 보내면 되지 않소?"

“그때는 자리를 비울 수가 없어서 한 말이지만, 본래 론 경은 쉽게 움직이는 분이 아니오. 조금 괴팍한 면이 있으신지라……”

국왕은 대꾸할 말을 잃었다.

난쟁이 일족의 괴이쩍은 성격은 그도 어느 정도 겪어서 알고 있었다.

어떤 의미론 야생에서 살아가는 수인족보다 더 말이 안 통하는 게 꼬마난쟁이들이다.

“솔직히 털어놓자면 나도 마족의 재림을 믿지 않았소. 그리고 지금까지 벌어진 일련의 상황들, 내 눈으로 직접 보고도 쉬이 믿어지지가 않소. 론 경을 다시 불러내기 위해서는 내가 직접 가서 그분을 설득해야만 하오.”

사람들의 시선은 다시 지그문트에게 모였다.

그러나 그는 완고하게 테오발트와 행동을 함께하겠다고 말했다.

그는 이해할 수 없는 행동을 자주 했고, 이번에도 비슷한 상황인 것 같았다.

영웅들이 전부 왕국을 떠나겠다고 말하자 국왕은 몹시 난감해했다.

“손이 달리는군.”

테오발트도 생각에 잠겼다.

현 상황으로 봐서는 스톰폴트가 마족들의 목표가 된 것이 틀림없다.

비상사태를 대비해 뒤를 봐줄 필요가 있었다.

사해의 마법사들도 여러 문제를 감수하고 모아놓았으니 가끔은 활용을 해야 할 것 아닌가?

하지만 오직 테오발트만이 마법사들을 제어할 수 있고, 그는 따로 할 일이 있어 오랫동안 왕국을 떠나 있을 것이다.

"……."

테오발트는 뒤를 돌아보았다.

쿠르트가 기척도 없이 그의 뒤에 시립하고 있었다.

"쿠르트."

테오발트가 이름을 부르자, 그때서야 사람들은 쿠르트가 그곳에 서 있다는 사실을 깨달았다.

조금 이상한 일이지만 모두 시종에겐 관심이 없기 때문이라고 생각했다.

그때 테오발트가 폭탄발언을 했다.

"쿠르트, 네가 이곳에 남아서 마법사들을 지휘하고 이외의 비상사태에도 대비하도록 하라."

사람들은 동시에 눈을 휘둥그레 떴다.

그건 시종에게 시킬 일이 아니지 않은가.

쿠르트도 당혹스러운 표정을 지었다.

그가 처음으로 테오발트의 명령을 반발했다.

"테오발트님, 하지만 그건……."

"상당한 수의 마족이 대륙으로 흘러나온 모양이다. 더 이상 방치할 수 없는 지경에 이른 것 같구나."

"대충 내버려 두십시오."

테오발트는 새삼 그를 쳐다봤다.

"네 녀석 그런 성격이었나?"

"제가 시중을 들지 않으면 평소 생활하기 불편하실 것입니다."

"……."

테오발트는 갑자기 큰 고뇌에 빠졌다.

입 안의 혀처럼 말하지 않아도 알아서 움직이던 쿠르트가 없다면 아마 꽤 불편하리라.

테오발트는 2분이나 고민했다.

"하인은 따로 구하면 된다."

뷜로 대공이 쿠르트를 이리저리 살펴보며 말했다.

"으음. 자네가 추천한 녀석이니 필시 뭔가 한 가락 하는 놈인 모양이구먼. 하지만 성질 더러운 마법사들을 다루기는 쉽지 않을 텐데?"

악터스도 미간을 찡그린 채 쿠르트를 응시했다.

시종 따위 믿을 수 없다는 것이 중론이었다.

테오발트가 턱을 어루만졌다.

"증명할 필요가 있겠군."

하워드 자작은 오랜만에 마탑에 들어간 딸을 만나고 있었다.

원래 마탑에 들어가면 3년간은 외출은 물론, 면회도 허락되지 않는다.

딸을 만나기 위해서 마탑 담당자에게 얼마나 많은 뇌물을 건넸던가.

그나마 뷜로 대공이 운영하는 마탑이니까 뇌물이 통하는 것이다.

"로지나!! 그게 정말이냐? 네가 하인과 눈이 맞았다는 소문이 사교계에 파다하구나! 이게 참말이냔 말이다!"

"예? 그, 그건……."

아버지의 불호령에 로지나는 불에 덴 듯 화들짝 놀랐다.

쿠르트와 사귀기 시작한 지 제법 시간이 흘렀다.

솔직히 몇 번이나 불장난은 그만둬야 한다고 홀로 다짐, 다짐했다.

그럼에도 쉽게 정을 떼지 못하고 있는 것은 오직 얼굴!

얼굴 때문이다.

어쩌겠는가, 얼굴이 너무 취향인 걸.

잘 살펴보면 은근히 몸도 좋다.

그 탄탄한 근육 위에 머리를 기대고 있자면……!

로지나는 황급히 고개를 저었다.

덥수룩한 수염 때문에 제대로 보이지도 않는 얼굴이 뭐가 그리 좋다고.

몸이 좋은 건 하인이라 잡일을 많이 해서 그런 거야.

"로지나! 정말 끝까지 그 하인 잡놈이랑 어울릴 셈이냐? 그 하인 놈이랑 사랑 타령을 할 셈이냐고!"

"아, 아니에요! 아버지는 절 뭘로 보시는 거예요? 그, 그냥 잠깐 가지고 놀았던 것뿐이야."

로지나는 얼굴을 빨갛게 붉히며 펄쩍 뛰었다.

딸의 말을 듣고 하워드 자작도 펄쩍 뛰었다.

"맙소사, 이 철딱서니 없는 년! 계집년이 조신하게 다니진 못할망정!!"

"뭐예요? 안 하면 되잖아! 당장에 가서 근처에 얼쩡거리지 말라고 하면 될 거 아냐!"

"아니, 이년이 뭘 잘했다고 큰소리야!"

"꺅! 안 그런다는 데 왜 그래!!"

한바탕 소란 후에 두 부녀는 응접실을 나섰다.

냉랭한 분위기로 대화도 없이 복도를 걷고 있을 때였다.

사람들이 무리를 지어 우르르 밖으로 뛰어나가고 있었다.

로지나는 눈을 끔뻑이며 그 광경을 바라보다가 급히 한 사람을 붙잡았다.

"무슨 일이라도 터진 거예요? 다들 어딜 가시는 거죠?"

"국왕 폐하께서 마탑을 방문하셨네. 그뿐 아니라 영웅 지그문트, 요정 여왕 등 주요인물이 총출동했다는군. 이야기를 들어보니 중앙 탑에 머물고 있는 사해의 마법사들과 뭔가 중대한 일을 시작할 것 같아."

"사해의 마법사들과?"

하워드 자작은 은근히 로지나의 반응을 주시했다.

그래도 딸이 마법사가 맞긴 맞는 모양이다.

국왕이나 신마전쟁의 영웅들보다 사해의 마법사라는 말에 먼저 반응하는 것을 보면.

하워드 자작은 속내를 숨기며 물었다.

"로지나, 대체 무슨 일이냐?"

"자세히는 모르겠어요. 우리도 보러 가요!"

로지나와 하워드 자작은 사람들의 뒤를 쫓아 중앙 탑으로 향했다.

그곳엔 이미 많은 수의 사람들이 모여 있었다.

구경꾼들 사이에서 상황을 살펴보던 로지나는 깜짝 놀랐다.

낯이 익은 청년의 모습을 발견했기 때문이다.

“쿠르트……!”

“뭐라? 쿠르트라고?”

금쪽같이 키운 딸을 유혹한 하인 놈의 이름이 아닌가!

하워드 자작은 도끼눈을 뜨고 주위를 두리번거렸다.

그리고 한참 뒤에야 모자를 푹 뒤집어쓴 음침한 하인 한 명을 겨우 찾아냈다.

“이년아! 얼마나 번드르르한 놈이기에 홀딱 넘어갔나 했더니, 저런 후줄근한 놈이 좋다고 이 난리를 친 것이야?”

“아, 아냐! 자세히 보면 은근히 잘생겼는걸.”

“어이쿠 혈압이야! 이년이 아주 눈에 콩깍지가 씌었구먼!!”

“그런 거 아냐! 아빠가 뭘 알아!”

두 부녀가 다시금 언쟁을 벌이기 시작했을 즈음이다.

사해의 마법사들이 하나둘씩 탑 바깥으로 걸어나왔다.

각기 사이한 마법을 사용 중인 마법사들!

그들은 다수가 한 자리에 모여 있을 때 더욱 강렬한 위압감을 보여주었다.

국왕이 식은땀을 닦으며 물었다.

“저들을 자네 하인에게 맡기겠단 말인가?”

테오발트는 대답하는 대신 쿠르트를 불러왔다.

“시작해라.”

"……."

테오발트의 지시가 떨어졌음에도 쿠르트는 오랫동안 머뭇거렸다.

지금까지 한 번도 보여주지 않았던 모습이었다.

결국 그는 한숨을 토하고 항상 깊숙이 눌러쓰고 있던 모자에 손을 가져갔다.

모자를 벗고, 그다음엔 눈을 가리고 있던 머리카락을 뒤로 쓸어 넘겼다.

미리 준비되어 있던 면도칼로 수염도 잘라내기 시작했다.

"……!"

이윽고 모든 준비가 끝났을 때 사람들은 크게 놀랐다.

쿠르트의 얼굴이 테오발트와 쌍둥이처럼 닮았기 때문이다.

국왕은 몹시 당혹스런 목소리로 외쳤다.

"이, 이럴 수가! 저 하인이 자네의 쌍둥이 형제였나?"

"그렇습니다."

"어째서 지금까지 그 사실을 숨겼는가!"

"집안 사정으로 그리되었습니다."

"허허! 베르그이젤 백작가에 쌍둥이 형제가 있다는 소문은 들어본 적이 없네만."

거짓말이니까 그럴 수밖에.

좌중이 술렁거리는 동안 쿠르트는 검을 얻어 허리춤에 찼다.

허리를 곧게 펴고 턱을 들자 여간한 기사보다도 훌륭한 기도가 느껴졌다.

조금 전까지만 해도 천한 하인이었다는 것이 믿기지 않을 정도였다.

그는 사해의 마법사들을 둘러보며 물었다.

"수가 적군요. 다른 마법사 분들은 무엇을 하고 계십니까?"

"……."

아무런 대답이 없었다.

불온한 분위기가 감돌고 있었다.

쿠르트를 훑어보던 붉은 머리칼의 마법사가 테오발트에게 물었다.

"쏙 빼닮긴 했지만 아무리 봐도 그냥 인간 같은데……."

"그럼 인간이 아니고 뭐란 말이냐."

테오발트는 코웃음을 쳤다.

그 즉시 마법사는 반발했다.

"당신에게 협조할 생각에는 변함이 없지만 조금쯤은 우리들의 사정도 봐주시지요. 인간의 명령을 들으라니! 굳이 대리인이 필요하다면 악터스님이나, 하다못해 뷜로님께 그 역할을 맡겨주셨으면 합니다."

"에잉? 하다못해라는 건 무슨 뜻이야?"

뷜로 대공이 펄쩍 뛰며 외쳤다.

그사이 테오발트는 주위를 두리번거리다 양지바른 곳을 발견했다.

그는 적당히 볕이 내리쬐는 의자에 걸터앉아 담뱃대를 꺼내 물었다.

이미 마법사들의 요구에 대해서는 안중에도 없어 보였다.

하루 이틀 일도 아니지만 그의 무신경한 태도에 마법사는 눈살을 찌푸렸다.

그때 쿠르트가 다시금 물었다.

"제 질문에 답해주지 않으시겠습니까? 아직 마탑 안에 남아 있는 분이 계신지요."

마법사들은 힐끗 그를 본 뒤 침묵을 지켰다.

테오발트의 지시가 떨어진 이상, 불만이 있어도 대놓고 쿠르트와 반목하지는 않았다.

그러나 적극적으로 쿠르트를 따르지도 않음으로서 반발하고 있는 것이다.

"그럼 아직 내려오지 않은 분들을 불러주시겠습니까."

쿠르트가 다른 요구를 했다.

마법사들은 가끔 서로 얼굴만 쳐다봤고 이번에도 역시 움직이질 않았다.

그래서 쿠르트는 마법사 중 한 명을 가리키며 말했다.

"불의 마법을 사용하는 마법사님, 잠시 이쪽으로 와주시겠습니까."

조금 전에 항의를 했던 붉은 머리칼의 마법사다.

한 사람을 꼭 집어서 말했기에 이번엔 무반응으로 일관할 수가 없었다.

붉은 머리 마법사는 느릿느릿 앞으로 걸어나왔다.

재빨리 나오라고 한 적은 없지 않은가.

마법사는 이제 또 무엇을 원하냐는 듯 고개를 삐딱하게 만들고 섰다.

그 모습을 보고 쿠르트가 피식 웃었다.

마치 귀엽다는 듯.

마법사가 황당함을 느끼고 있던 순간이었다.

뻐억!

갑자기 검집이 날아와 그의 뒤통수를 엄청난 힘으로 후려갈겼다.

"……!!"

마법사는 비명도 못 지르고 머리부터 바닥에 처박혔다.

쿠르트는 검집을 거두고 마법사를 굽어보았다.

"좋은 말로 하고 싶었는데 어쩔 수가 없군."

순간 찬 물을 퍼부은 듯 좌중이 조용해졌다.

깜짝 놀라 다들 입을 떡 벌리고 있었다.

"일어나라. 엄살이 심한 놈이로구나."

쿠르트는 바닥에 쓰러진 마법사를 향해 말했다.

마법사는 뒤통수를 쥔 채 엉거주춤 반만 일어났다.

인간들이 보는 앞에서 꼴사납게 얼굴을 처박은지라 얼굴이 벌겋게 붉어져 있었다.

쿠르트는 그 모습을 쳐다보고 있다가 갑자기 검을 뽑아 그의 머리를 찔렀다.

"윽!"

마법사는 황급히 몸을 튕겨 공격을 피했다.

쿠르트는 검을 바로 쥐며 마법사들을 둘러보았다.

"앞으로 너희들이 명심해야 할 사항이 있다. 그중 하나는 앞으로 내 지시에 조건 불문하고 복종해야 한다는 것이다."

그는 팔의 근육을 풀 겸 검을 가볍게 휘둘렀다.

검이 빛을 뿜으며 허공에 호선을 그렸다.

"오라 블레이드!"

"서, 설마 마스터는 아니겠지."

구경꾼들이 화들짝 놀라며 외쳤다.

쿠르트는 주위의 반응에도 아랑곳 않고 다짜고짜 붉은 머리 마법사를 공격했다.

"야, 얕보지 마라!"

마법사는 이를 악물고 불길을 일으켰다.

어찌나 온도가 높은지 근방의 잡초들이 삽시간에 시들어 버렸다.

사람들은 비명을 지르고 얼굴을 가리며 급히 뒤로 물러났다.

서걱.

그러나 거대한 불길은 쿠르트가 휘두른 오라 블레이드에 두 동강이 났다.

쿠르트는 순식간에 간격을 좁히며 말했다.

"그리고 둘째, 내 명령에 불복할 시엔 목숨을 버릴 각오를 해야 할 것이다."

"헉?"

죽는 것인가!!

마법사는 코앞에 닥친 오라 블레이드를 보며 새파랗게 질려 버렸다.

"또는 죽도록 얻어터질 각오를 하던가."

쿠르트는 순간적으로 진로를 바꿨다.

오라도 사라졌다.

그는 검의 옆면으로 마법사의 뺨을 호되게 후려쳤다.

빠악!

“어억! 컥!”

머리가 빠개지는 충격에 마법사는 다시금 바닥을 떼굴떼굴 뒹굴었다.

쿠르트는 검을 집어넣으면서 걸었다.

나른한 듯 천천히.

이윽고 마법사를 발아래에 두고 그가 질문을 던졌다.

“죽고 싶으냐?”

신음을 흘리던 마법사는 그래도 죽기는 싫어 황급히 고개를 저었다.

“제대로 선택했다. 아침부터 시체를 보자니 나도 참으로 마뜩치 않았다.”

마법사는 안도의 한숨을 쉬었다.

동시에 귀에 익은 말투라는 생각도 그의 머릿속으로 스쳤다.

그때 쿠르트가 말했다.

“이제 죽을 만큼 맞을 각오는 섰느냐?”

“에, 예?”

“죽기 싫다 하지 않았더냐. 그렇다면 죽도록 얻어맞는 수밖에.”

쿠르트는 발을 들어 마법사의 한쪽 가슴팍을 힘껏 짓밟았다.

우드득! 와득!

끔찍한 소리를 내며 우측 갈비뼈가 모조리 으스러졌다.

"끄아아악!!"

제아무리 인간의 경지를 넘은 사해의 마법사라도 그 고통
은 쉽게 참을 수 있는 것이 아니다.

마법사는 눈을 까뒤집으며 비명을 질렀다.

그러나 쿠르트는 눈 하나 깜빡하지 않았다.

아무렇지도 않게 마법사의 목덜미를 쥐고 들어 올렸다.

성인 남자를 한 손으로 들어 올리다니, 믿기지 않을 정도로
엄청난 힘이었다.

그것이 단순한 근육의 힘이 아닌 마법이라는 것을 알 만한
이들은 다들 눈치챘다.

쿠르트는 축 늘어진 마법사를 동료 마법사들에게 던져 주
었다.

"전달 사항은 이상의 두 가지가 전부다. 하나 마법사란 본
디 인간이길 포기한 족속이니, 네놈들에게 인간의 말이 통할
까 걱정이 되는구나. 아직 내 말이 이해가 가지 않는 자가 있
느냐?"

있을 턱이 없다.

마법사들은 물론이오, 구경꾼들도 침을 꿀꺽 삼켰다.

그때 돌연 쿠르트가 등을 돌려 테오발트의 곁으로 다가

갔다.

무엇을 하려는 것일까.

사람들의 시선이 집중되었다.

테오발트가 손을 내밀자 쿠르트는 잔에 물을 따라서 공손히 건넸다.

그는 주인이 목을 축이는 동안 옆자리에서 대기했다.

엄청난 무위를 보여준 인물이 순식간에 다시 하인으로 되돌아간 것이다.

탁.

테오발트가 빈 물잔을 의자 위에 내려놓았다.

그는 피식 웃으며 고개를 들어 쿠르트를 응시했다.

"재미있군. 얼굴만 비슷한가 했더니 마법사를 다루는 방식도 나와 흡사하구나."

"저는 마지막까지 그림자처럼 지내는 것이 바람직했다고 봅니다."

"왜?"

"사실 하인 노릇은 제 성미에 맞지 않는 편입니다. 사람들과 어울리다 보면 금방 본성이 드러나고 말겠지요."

쿠르트는 주위를 두루 둘러보며 말했다.

여유롭게 내리깐 시선.

그는 마치 왕처럼 오만하고 기품이 있었다.

"대체 네놈의 정체가 뭘까."

테오발트는 가만히 뇌까렸다.

솔직히 그도 쿠르트를 내보내기가 뭔가 꺼림칙했다.

그러나 오래 고뇌하는 것은 그의 성미에 맞지 않았다.

"언젠가는 알 날이 오겠지. 앞으로 마탑의 일은 네게 일임하겠다."

"맡겨주십시오."

쿠르트는 강렬한 존재감으로 좌중을 휘어잡고 있었다.

저런 인물이 어떻게 지금까지 눈에 띄지 않았을까.

"불가능해."

악터스는 얼굴을 딱딱하게 굳혔다.

그깟 모자나 수염 정도로는 그의 눈을 속일 수는 없다.

그런데 조금 전까지만 해도 쿠르트를 별 볼일 없는 인간이라 믿어 의심치 않았다.

신분을 감추기 위해 고도의 마법이 사용된 것이 분명했다.

"재미있구먼. 그렇다면 무슨 이유로 신분을 감추고 있었던 걸까나?"

빌로 대공이 흥미로운 목소리로 말했다.

"대공."

그때 쿠르트가 다가왔다.

뷜로 대공은 얼른 저자세를 취했다.

"어이쿠 무슨 일인가. 필요한 거라도 있어? 뭐든 말만 하게."

"테오발트님은 곧 키루스 공국으로 떠나실 것입니다. 주인님의 뒷바라지를 담당할 사해의 마법사 스무 명을 붙여주십시오. 제가 더 이상 그분의 곁을 지킬 수 없는 관계로, 말귀가 잘 통하고 고분고분한 놈들로 부탁드리겠습니다."

"내 재깍 해치우고 오지!"

뷜로 대공은 넙죽거리며 무조건 복종하겠다는 의사를 강하게 표했다.

그는 악터스와는 달리 언제든지 간 쓸개를 내던질 수 있는 성격의 소유자이다.

그래도 일말의 호기심을 버리진 못한 듯하다.

그는 슬그머니 눈알을 굴려 힐끗 쿠르트의 모습을 훔쳐보았다.

쿠르트는 그 모습을 보다 빙그레 웃었다.

"부탁드리겠습니다. 사람 보는 눈은 악터스님보다 대공이 더 뛰어나다고 생각합니다."

"……."

뷜로 대공은 잠시 뒤 마법사들을 이끌고 물러났다.

한편, 소란이 일고 있는 동안 로지나와 하워드 자작은 눈만

둥그렇게 뜨고 있었다.

둘은 황망한 기분으로 시선을 교환했다.

그때 쿠르트가 로지나를 발견하고 손을 내밀었다.

"로지나님, 옆에 계신 분은 누구십니까?"

두 부녀는 엉거주춤하게 다가갔다.

하워드 자작이 말했다.

"난 로지나의 아비 되는 사람이라네. 크흠! 허, 한데 자네가 베르그이젤 백작가의 자제였단 말인가……."

그냥 하인이라더니 어디서 이렇게 엄청난 녀석이 툭 튀어나왔단 말인가.

좀 전의 전투를 미뤄볼 때 아무리 못 쳐줘도 소드 마스터에 준하는 실력을 가진 것이 틀림없다.

사해의 마법사를 호령할 정도라면 도대체 얼마나 강하다는 뜻일까.

게다가 깨끗하게 다듬어놓고 보니 딸의 말마따나 정말로 잘생긴 청년이었다.

잘도 그 음침한 놈이 이런 미남인 줄 꿰뚫어봤구나!

그때 쿠르트가 배에 손을 얹고 정중히 인사를 건넸다.

"처음 뵙겠습니다, 하워드 자작님. 항상 로지나님께 폐를 끼치고 있습니다."

"응? 그, 그렇군. 앞으로도 내 딸을 잘 부탁하네."

하워드 자작은 그만 반사적으로 대답하고 말았다.

만나기만 하면 그 하인 놈을 족치겠노라 소리쳤던 게 바로 전의 일이 아닌가.

그는 식은땀을 주룩 흘리며 허허 웃었다.

"로지나님, 오랜만에 아버님을 봬서 기쁘시겠군요."

"으응. 때마침 아버지가 면회를 오셔서 말이야. 이런 데서 만나게 될 줄은 몰랐네. 호호호."

쿠르트의 질문에 로지나도 화들짝 놀라서 대답했다.

근처에 다가오지도 못하게 할 거라고 말하지 않았던가?

나란히 서서 어색하게 웃고 있는 두 부녀!

"……."

쿠르트는 두 사람을 물끄러미 바라보았다.

이내 피식하고 그는 웃음을 머금었다.

조소가 아니라 그냥 순수하게 웃은 것이다.

"이렇게 만나게 된 것도 인연인데 점심 식사나 같이하시겠습니까."

"으음, 그게……. 사실 면회도 간신히 허가받은 거라서 말일세. 나는 마탑에 오래 머물 수가 없다네."

하워드 자작은 곤란한 표정을 지었다.

잘난 놈인 것은 알았지만 일단은 거리를 두는 것이 좋겠다고 생각했기 때문이다.

그런데 쿠르트가 뒤로 빼는 하워드 자작을 붙잡았다.

"제가 조치를 취해놓을 테니 걱정 마십시오. 저는 국왕 폐하께 사해의 마법사를 지휘할 수 있는 권한을 하달받았습니다. 애써 특권을 얻었는데 이럴 때가 아니면 언제 쓰겠습니까."

특권!

이 얼마나 솔깃한 단어란 말인가!

세상엔 신분과 권력보다 더 중요한 게 많지만, 신분과 권력이 매우 중요한 요소라는 것도 부정할 수 없는 사실이다.

하워드 자작은 헛기침을 했다.

"험험. 소, 솔직히 아직 식전이긴 하네만."

"아버지는 향신료가 많이 들어간 음식을 좋아하는 편이셔."

로지나가 슬그머니 말했다.

"주방장에게 언질을 해줘야겠군요."

쿠르트는 두 사람을 마탑 안으로 이끌었다.

"가시지요. 마침 두 분께 드릴 말씀도 있었습니다."

그날 오후 국왕은 갑작스럽게 테오발트의 알현 요청을 받았다.

바로 몇 시간 전에 얼굴을 보면서 회의를 했는데 또 무슨 용건이 있는 것일까?

그는 의문을 품고 내실에 도착했다.

먼저 기다리고 있던 테오발트가 일어났다.

"무슨 일인가."

"개인적으로 이야기를 하는 것이 나을 것 같아 낮에는 말씀을 드리지 못했습니다."

"흠, 일단 앉게."

테오발트는 감사를 표하며 자리에 앉았다.

예전 같았다면 쿠르트는 테오발트의 뒤에 시립했을 것이다.

그러나 이번에는 테오발트의 맞은편 의자에 앉았다.

국왕이 물었다.

"해결해야 할 문제가 뭔가?"

테오발트는 길게 끌지 않고 단도직입적으로 말했다.

"가까운 시일 내에 키루스 공국으로 떠날 예정입니다. 그때 에스트리트 공주를 데려갔으면 합니다."

"뭐라고?"

저절로 목소리가 올라갔다.

풍문으로 테오발트와 에스트리트가 가까운 사이라는 사실을 들은 바가 있다.

어쩌면 약혼 따위를 하겠다는 말이 나올지도 모른다고 생각하고 있었다.

그런데 그 과정 모조리 생략하고 다짜고짜 스톰폴트의 하나뿐인 공주를 데리고 가겠단다.

"에스트리트가 또 다시 마족의 위협을 받을 수도 있습니다."

"그렇다면 더욱 밖으로 내보낼 수 없네. 에스트리트의 거처를 왕궁으로 옮기고 일백의 친위기사를 특별히 호위로 붙이겠네."

"일백의 친위기사 따위는 전혀 도움이 안 됩니다."

국왕은 황당함을 느꼈으나 이내 맞는 말이라는 생각이 들었다.

그는 마족의 힘을 바로 눈앞에서 직접 목격한 바 있다.

왕궁 곳곳에 남은 파괴의 흔적이 여전히 그 힘을 대변하고 있었다.

국왕은 침을 꿀꺽 삼킨 뒤 대답했다.

"허, 허락할 수 없네! 아직 결혼도 안 한 공주가 어디 외간 남자와 함께 밖을 돌아다닌단 말인가."

체면이 깎일 바에야 목숨을 내놓겠다.

그것이 고위층의 일반적인 생각이었다.

국왕도 보수적인 생각에서 쉽게 빠져나오지 못했다.

테오발트는 언쟁을 벌이지 않고 달래듯이 말했다.

"세간의 시선이 거슬리신다면 에스트리트 공주의 부재를

불문에 부치시는 방법도 있습니다. 국왕께서는 만에 하나의 사태가 발생했을 때 그녀를 보호하기 위한 적절한 조치를 취할 수 있을지 자문해 보셨으면 합니다.”

“으음.”

국왕은 미간에 주름을 잡고 깊이 고뇌했다.

그때 묵묵히 대화를 듣기만 하던 쿠르트가 입을 열었다.

“테오발트님. 스톰폴트를 떠나실 때 로지나님도 데려가주십시오.”

테오발트는 쿠르트에게 시선을 주었다.

“무엇 때문에?”

“그녀를 마족의 위협으로부터 지켜주십시오.”

“마족이 무엇 때문에 로지나를 위협한단 말인가.”

“그녀가 제 연인이기 때문입니다.”

쿠르트는 다소 황당한 말을 아주 당당하게 말했다.

하지만 가능할 법한 이야기다.

불사왕과 똑같이 생긴 그에게 마족들은 필연적으로 관심을 보일 것이다.

“오전에 로지나님의 아버님 되시는 하워드 자작님과 식사를 하며 미리 언질을 해두었습니다. 물론 그분께서는 반대하는 입장을 보이셨습니다만…….”

쿠르트는 길길이 날뛰던 하워드 자작을 떠올렸다.

부녀가 조금 닮은 구석이 있다.

그는 피식 웃으며 말했다.

"하급귀족 신분으로 무엇을 할 수 있겠습니까. 로지나님의 안전을 확실히 보장하고 얼마간 보상을 해주면 괜찮을 것입니다. 로지나님의 양해를 얻는 일도 전혀 문제가 없을 것입니다. 저희들은 얼굴이 똑같으니까요."

딱 까놓고 말해서 로지나는 얼굴을 굉장히 밝힌다.

쿠르트에게 반한 것도 미남이기 때문이다.

그 철없는 계집아이를 떠올리며 테오발트도 역시 피식했다.

"그래도 괜찮은 것이냐?"

"괜찮습니다."

쿠르트는 눈 하나 까딱 않고 대답했다.

용건은 그것이 전부였다.

테오발트는 쿠르트의 요청을 받아들인 뒤 국왕에게 마지막으로 말을 남기면서 자리에서 일어났다.

"국왕께서도 신중하게 생각해 주셨으면 합니다."

여전히 생각에 잠겨있던 국왕이 테오발트가 떠나려 하자 서둘러 입을 열었다.

"아! 사실 나도 할 말이 있네."

"……?"

"레논의 문제인데……."

국왕은 깊이 한숨을 쉬었다.

레논이 근 보름째 집안에 틀어박혀 나올 생각을 않고 있었다.

일전에 터졌던 마족과의 전투에서 레논은 제대로 손 한번 쓰지 못하고 무력하게 당하기만 했는데, 아마 그로 인해 크게 상심한 모양이다.

주눅이 들어버린 레논이라니.

"레논은 스톰폴트의 미래를 짊어진 소드마스터이고, 개인적으로는 짐이 어릴 적부터 아껴온 조카이기도 하네. 그 아이가 크게 상심하고 있다고 생각하니 짐의 마음이 편치가 못하군."

"그러지 않아도 레논을 만나러 가려던 참입니다."

테오발트가 대답하자 국왕은 한결 밝은 표정을 지었다.

며칠 새에 테오발트에 대한 신뢰가 엄청나게 올라간 상태였다.

왕궁을 빠져나온 마차가 1시간가량을 달린 뒤 멈추어 섰다.

테오발트는 거대한 저택을 두루 둘러보았다.

담장은 고개를 치켜들고 봐야 끝을 볼 수 있을 정도로 높았다.

과연 스톰폴트에서 손꼽히는 명문가, 이글아이 백작가문

의 저택다웠다.

"직접 방문하는 것은 처음이군."

항상 레논 쪽에서 그를 찾아왔지, 그가 레논을 찾은 적은 한 번도 없다.

이쯤 되면 무심하다 못해 매정할 정도다.

테오발트는 아주 잠깐 반성했다.

늙은 집사가 손님을 맞이하기 위해 내려왔다.

"테오발트님이시군요. 이쪽으로 오십시오."

테오발트가 신분을 밝히자 그는 아무 것도 묻지 않고 곧장 레논이 있는 곳으로 안내했다.

부웅!

복도를 걷고 있는데 바깥쪽에서 묵직한 파공성이 들렸다.

테오발트는 잠시 귀를 기울였다.

"…좋군."

이런 소리를 낼 수 있는 자는 대륙 전체를 뒤져봐도 몇 없을 것이다.

감탄을 하는 와중에 목적지에 도착했다.

그곳은 연무장이었다.

레논이 땀에 흠뻑 젖은 채로 오라 블레이드를 휘두르고 있었다.

검로가 명쾌하고 잡념이 전혀 보이지 않았다.

음침한 얼굴로 방구석에 처박혀 있을 거란 예상은 완전히
빗나갔다.

쿵!

돌연 레논이 땅을 강하게 밟으며 검을 크게 좌로 휘둘렀다.

오라가 회오리를 일으키며 그의 몸을 감싸 보호막을 만들
었다.

언젠가 테오발트가 마법사를 상대할 때 사용했던 기술이
었다.

딱 한번 선보였을 뿐인데 레논은 그 기술을 완벽하게 구사
해 냈다.

짝짝.

"훌륭하구나."

테오발트는 박수를 쳤다.

뒤늦게 그를 발견한 레논이 토끼 눈을 했다.

"해가 서쪽에서 뜨겠군. 네가 어쩐 일로 나를 만나러 온 거
냐?"

"네 녀석이 오해할 만한 행동을 하니 그렇지."

소드마스터로 알려졌던 그가 비참할 정도로 무력하게 당
했다.

상심하고 있어도 당연하다고 생각했다.

그러나 레논은 좌절하는 대신 자신을 갈고닦는 편을 선택

했다.

홀베크가 그랬듯이.

"이거 감동적인 일인데. 걱정해준 건가?"

레논이 땀에 젖은 머리를 수건으로 닦으며 물었다.

테오발트는 가볍게 웃으며 말했다.

"준비해라. 이번엔 키루스 공국으로 떠날 참이다."

"아아, 미안하지만 이번에는 너와 동행하지 않을 생각이다."

레논은 수건을 내려놓으면서 대답했다.

테오발트는 실로 오랜만에 놀란 표정을 지었다.

이런 말이 나올 줄은 진짜로 몰랐다.

"나는 이곳에 남아서 내가 할 수 있는 일을 할 생각이다. 너의 싸움에 나는 전혀 도움이 되지 않는다. 나는 장식품처럼 네 뒤에 서 있다가 되돌아오게 되겠지. 그런 건 사양이야."

"긴말 말고 얌전히 따라와. 네겐 선택의 여지가 없다. 에스트리트가 공격받았듯이 너도 마족의 공격을 받을 수 있다."

"한마디로 마족으로부터 나를 지켜주겠다는 뜻이군. 연약한 아가씨를 보호하듯이."

레논이 쓸쓸하게 말했다.

그 순간 테오발트는 레논을 설득할 수 없음을 직감했다.

홀베크는 자신의 단점을 받아들일 줄 알았다.

자신이 보잘 것 없음을 인정하고 강해지기 위해서 땀을 흘려 노력했다.

그러나 기본적으로 그는 오만한 성정을 가졌다.

자신의 능력으로 도저히 극복할 수 없는 상황이 닥쳤을 때 그는 몸을 낮추고 목숨을 구걸하기보다는 죽음을 택할 것이다.

안타깝게도 레논은 하나부터 열까지 홀베크를 빼닮았다.

"누군가의 보호를 받는 것이 반드시 부끄러워해야 할 일은 아니하고 생각한다. 그러나 나는 검을 익힌 기사이고, 일신의 힘으로 널리 이름을 떨치고 말겠다는 야망도 품고 있다. 그것이 내 인생의 신조라는 말이다. 나는 일개 촌부로 살아갈 바에 차라리 죽음을 택하겠다."

"어린놈이 뉘 앞에서 함부로 죽음을 입에 담느냐!"

테오발트가 와락 인상을 찌푸렸다.

레논보다 4살이나 어린 그가 할 말이 아니다.

그러나 이번만큼은 농담이 아니었다.

레논도 그 사실을 느꼈다.

"네가 나를 지켜준다고 해서 내가 영원히 살 수 있나? 어차피 나의 생은 한정되어 있다. 주어진 삶을 평화롭게 보낼 수도 있을 것이다. 그렇지만 나는 단 한순간이라도 의미 있고 격정적인 삶을 원한다!"

레논은 자신의 심장 어름을 움켜쥐었다.

테오발트는 더 이상 그를 설득할 수 없었다.

뛰어난 재능을 타고난 자가 소박한 삶을 원하는 경우는 사실 드물다.

그들은 최고라고 칭송받았던 만큼 스스로 큰 자부심을 가지고 있고, 훨씬 더 높은 곳을 추구하기 마련이다.

늦가을이 되어 선선한 바람이 들었다.

"남아서 무엇을 할 생각이냐?"

테오발트가 물었다.

"일단 엔하님을 따라갈 생각이다. 아직 허락은 받지 못했지만 말이야."

"……"

대답을 듣고 테오발트는 이마를 짚었다.

갑자기 편두통이 일었다.

"그러니까 격정적으로 연애를 하겠다는 뜻이었군."

"전혀 달라! 아니란 말이다!"

레논은 탁자를 쾅쾅 두들겼다.

어찌나 강하게 두드렸는지 탁자 위에 올려져 있던 수건과 다른 잡동사니가 와르르 쏟아졌다.

테오발트는 일단 이야기를 들어주기로 했다.

"좋다. 허면 왜 엔하 공주를 쫓아가겠단 말이냐?"

레논은 바로 대답하지 않고 생각에 잠겼다.

솔직히 말해서 마족과의 전투를 치른 뒤 심리적으로 전혀 타격을 받지 않은 것은 아니다.

오히려 그는 굉장히 큰 충격을 받았다.

그는 당연하게도 좀 더 강해지고 싶다는 충동에 휩싸였다.

하지만 그의 성격상 검을 버리고 마법 등에 손을 대는 일은 있을 수 없다.

그는 오랫동안 고민했다.

사실 힘에 대한 갈증을 해결할 길이 하나 있긴 하다.

만족스러운 수준은 아니더라도, 어느 정도는 힘을 갖출 수 있을 것이다.

"글쎄⋯⋯. 아마도 그녀를 수행하는 동안 내게 할 일이 생기리라고 생각한다. 내 직감은 잘 맞아떨어지거든."

"한마디로 그냥 쫓아가고 싶다는 말이군."

테오발트가 눈을 가늘게 뜨고 레논의 뒤통수를 쳐다봤다.

그는 회한에 가득 찬 얼굴로 담배를 입에 물었다.

"아. 자식 놈 열 키워봐야 소용없다더니 딱 그 꼴이로다."

"아니라고 하잖아! 사람 말을 들어! 그리고 내가 왜 4살이나 어린 녀석의 자식이 돼야 하지?"

Chapter 04
키루스 공왕

THE KING OF IMMORTALITY

이름 모를 상인이 키루스 공국의 수도에 나타났다.

들리는 소문에 의하면 그는 스톰폴트에서 활동하던 키루스 공국 출신의 상인인데, 키루스와 스톰폴트 간에 사이가 틀어졌다는 소문이 돌자 서둘러 고국으로 되돌아왔다고 한다.

전쟁이 터진다면 키루스 공국 사람인 그는 큰 변을 당할 수도 있기 때문이다.

그 상인은 수도 번화가에 위치한 큰 식당을 인수해서 다시 장사를 시작했다.

갓 문을 연 식당은 제법 번창했다.

음식 맛은 보잘 것이 없었는데 엄청난 미인이 그 식당에서 일하고 있다는 소문 때문이었다.

"여기로군."

이른 아침, 덩치 크고 험상궂게 생긴 사내들이 식당 앞에 나타났다.

많은 돈이 오가는 번화가이기 때문일까, 이 근방엔 옛날부터 폭력배들이 들끓었다.

번화가 북쪽은 루시오 파의 영역이고 남쪽은 플랑 파의 영역으로 상인들은 매달 그들에게 보호세를 상납했다.

물론 처음 장사를 시작하는 사람들은 이런 관행을 모를 수도 있다.

테나게스는 루시오 파에 소속된 깡패였는데, 친절하게 사정을 알려주고 보호세를 걷어갈 생각으로 부하들을 끌고 식당을 찾았다.

약간만 겁을 주면 상인들은 보통 얼마간의 돈을 내고 마찰을 피하려고 한다.

그는 이번 일도 수월하게 해결될 것이라 믿어 의심치 않았다.

테나게스는 씨익 웃으며 출입문을 열어젖혔다.

식당 종업원들은 개점 준비로 다들 분주하게 움직이고 있었다.

구석에서 바닥을 쓸던 잡일꾼이 낯선 이의 기척을 느끼고 투덜거렸다.

"에잉, 그냥 구색 맞추기로 연 식당인데 웬 손님이 이렇게 들끓는 게야. 정말 귀찮아 죽겠구먼. 빨리 스톰폴트로 돌아가 대공 대접받으며 호의호식하고 싶구나. 악터스야, 너도 그렇지?"

부엌문을 열고 무뚝뚝하게 생긴 사내가 들어왔다.

그도 빗자루를 손에 들고 있었다.

"버러지들과 어울려 다니는 것이 그렇게 좋으냐?"

"그럼 위대하신 대마법사 뷜로 대공 이러면서 떠받드는데 기분 좋지 안 좋냐? 평생 인간 세상에서 얼굴 비비다 죽으려고 했는데!"

"하찮아서 웃음도 안 나오는군."

그때 테나게스가 잡담을 나누고 있는 두 사람을 꼬나보며 식당 안으로 들어왔다.

그는 발로 툭툭 차서 의자를 빼낸 뒤 걸터앉았다.

부하들도 우르르 들어온 뒤 큰소리로 말했다.

"새끼들아!! 눈깔도 없어? 손님이 왔으면 재깍재깍 대접을 해야 할 거 아니야!"

식당 종업원들이 손을 멈추고 그들을 쳐다봤다.

일반적으로 덩치 큰 놈들이 으름장을 놓으면 겁에 질려야 하는데 어째 이곳 종업원들은 얼굴을 오만상 구기고 영 아니꼬운 표정을 짓고 있었다.

'웬 일꾼 놈들의 눈초리가 저렇게 사나워?'

테나게스와 일당들이 의문을 느끼고 있을 때였다.

빌로 대공이 바닥을 쓸다 말고 삐딱하게 출입구를 가리켰다.

"거 손님들 지금 영업시간 아닙니다. 저기 보십쇼. 개점시간까지 아직 2분이나 남았습니다!"

"뭐, 뭐야? 지금 나랑 시비 붙자 이거냐?"

쾅!

테나게스가 주먹으로 탁자를 내려쳤다.

시비라는 단어에 빌로는 화들짝 놀랐다.

소란을 피면 가만 안 두겠다는 테오발트의 경고가 생각났기 때문이다.

빌로는 즉시 잡놈들 앞에서 저자세를 취하고 손을 싹싹 비비기 시작했다.

"어이쿠, 손님은 왕이라는 말도 있는데 제가 그럴 리가 있습니까! 뭘 드시겠습니까. 새벽에 좋은 해산물이 들어왔는데 그걸로 준비할깝쇼?"

"어디서 빈대 같은 게 나타나서 아침부터 기분을 잡쳐!"

"옳으신 말씀입니다. 아침은 상쾌한 기분으로 시작해야 하고 말굽쇼.”

“다 필요없고, 당장 주인 나오라 그래!!”

테나게스는 화를 내며 발로 탁자를 차서 뒤엎었다.

“썅! 이거 물맛은 또 왜 이래?”

일당들도 탁자 위에 올려진 물을 마시다 욕을 퍼부으며 잔을 그대로 바닥에 집어 던졌다.

유리잔이 산산조각이 나고 고급스러운 카펫 위에 물이 쏟아졌다.

잠깐 사이 식당은 난장판이 되었다.

빌로는 쩔쩔매면서 그들을 말리려고 했다.

“손님들 이거 왜 이러십니까.”

테나게스는 들은 척도 않고 의자를 집어 들어 바닥에 집어 던졌다.

다른 깡패들도 가지런히 정돈된 의자며 탁자들을 발로 차서 전부 무너뜨렸다.

“크헐, 한 시간이나 공들여 세팅했는데. 이제 진짜 그만하지.”

테나게스는 이번엔 의자를 집어 창문으로 집어 던졌다.

챙그랑!

산산이 부서진 유리창.

“커헉, 이제 곧 영업시간인데. 저 잡놈의 새끼가 그만하라니까 귓구멍이 막혔나.”

빌로는 더 참지 못하고 이를 북북 갈았다.

그러나 막말을 하고 나니 소란을 피우지 말라는 경고가 귓가에 웽웽 맴돈다.

그는 악터스를 쳐다보며 말했다.

“내겐 식당을 지켜야 할 의무도 있음이야. 따라서 이건 결코 소란을 피우려는 것이 아니지.”

“틀린 말은 아니군.”

웬일로 악터스가 빌로의 편을 들었다.

쥐똥만도 못한 것들이 난동을 피우는 것이 가소롭긴 악터스도 마찬가지다.

분위기가 바뀌자 테나게스는 코웃음을 쳤다.

“오호라, 이거 알고 보니 그럭저럭 배짱이 있는 늙은이였네.”

“잡놈들아, 부탁인데 좋은 말로 할 때 제발 좀 꺼져 주라.”

“…죽고 싶어 안달이 난 늙은이라고 수정해야 되겠군.”

테나게스는 음산하게 말하며 빌로를 향해 한 걸음 다가갔다.

겁을 줄 의도로 품속에서 칼도 슬쩍 뽑았다.

물론 빌로가 그런데 겁을 먹을 리가 없다.

저런 너절한 인간 따윈 그가 손가락을 ‘찍’ 하고 누르면

‘찍’ 하고 눌러죽는다.

하지만 그건 마법을 사용했을 때의 일이다.

현재 뷜로는 물론이고 모든 마법사들에게 마법 금지령이 내려져 있었다.

마족을 찾기 위해 키루스 공국에 숨어들어 온 상태인데 마법을 쓰면 정체가 발각될 수 있기 때문이다.

"이봐, 늙은이. 조용히 안 꺼져 주면 어떻게 할 건데? 왜 말이 없어?"

테나게스가 팔을 걷으며 또 한 발자국 다가왔다.

운동으로 다져진 우람한 팔뚝이 불끈거렸다.

뷜로는 그의 반밖에 안 되는 자신의 왜소한 팔뚝을 쳐다보았다.

잠시 뒤 그는 결심을 굳히고 크게 외쳤다.

"가라, 악터스! 저기 주제도 모르는 잡놈들을 혼쭐내 주는 거다!"

그리고 얼른 악터스 뒤로 숨었다.

다들 기가 막힌 나머지 식당 안에 정적이 감돌았다.

테나게스는 일단 악터스라 불린 일꾼을 자세히 관찰했다.

이제 보니 제법 체격도 좋고 거만한 얼굴에서는 언뜻 위압감마저 느껴진다.

뷜로를 지나가던 똥개 취급하던 테나게스가 악터스를 보

더니 바로 긴장했다.

저놈, 어쩌면 한가락 할지도 모른다!

빌로가 펄펄 뛰었다.

"이런 망할 놈들! 겉모습만 보고 사람을 판단하면 안 돼!"

헛소리 따윈 무시한 채 테나게스는 머리를 굴리기 시작했다.

자신도 한 주먹 하는 싸움꾼이고, 겁을 줄 생각으로 부하도 일곱이나 데려왔다.

문제는 없으리라!

테나게스는 걱정 따윈 가볍게 털어버리고 악터스를 삐딱하게 꼬나봤다.

"식당 놈들 눈초리가 시건방진 게 전부 꼰대를 믿고 그러는 건가?"

"말이 많군. 그 칼은 파를 썰려고 뽑았나?"

누가 들어도 도발이다.

테나게스는 발끈해서 칼을 휙 휘둘렀다.

일단은 민간인이니 팔뚝에 약간의 상처만 입힐 생각이었다.

악터스는 한 걸음 옆으로 비켜나며 오른손을 들어 툭 쳤다.

"윽?"

툭 하는 느낌이 들었을 뿐인데 테나게스는 칼을 놓쳤다.

손속에 사정을 두었다고는 하지만 이렇게 쉽게 당하다니.

상대가 보통이 아니라는 것을 깨달은 순간, 테나게스는 몸을 빼며 소리쳤다.

"한꺼번에 덮쳐!"

악터스의 인상이 더러웠던 관계로 부하들도 나름 마음의 준비를 하고 있었다.

테나게스의 지시가 떨어지기가 무섭게 그들은 제각기 칼, 각목 등의 연장을 꺼내들고 개떼처럼 달려들었다.

제아무리 강해도 쪽수엔 장사가 없는 법!

먼저 험상궂게 생긴 놈이 각목을 크게 휘둘렀다.

악터스는 테나게스가 흘린 칼을 주워 들었다.

온 힘을 다해 휘두른 각목을 짧은 중도로 슬쩍 흘려냈고 발로 놈의 배를 찼다.

"컥!"

그가 벌렁 뒤집어지는 동안 다른 두 놈이 동시에 칼을 들고 덤벼들었다.

잘 벼려진 칼날이 위험천만하게 번뜩거렸다.

검으로 자신에게 도전하는 놈을 만난 게 도대체 몇십 년 만인가.

악터스는 잔혹하게 입꼬리를 당겼다.

손쉽게 선공을 피한 뒤, 그는 칼을 거꾸로 쥐고 한 놈의 어깨를 찍었다.

그리고 살을 뜯어내듯 칼을 옆으로 잡아 뺐다.

그는 틈을 주지 않고 빠르게 칼을 휘둘러 다른 놈의 귀를 잘라 버렸다.

"으아악!"

"크악!"

순식간에 셋이 당하는 것을 보고 깡패들은 기가 질렸다.

일곱 명이 몇 번 덤벼보지도 못하고 한 군데씩 피를 흘리며 나가떨어졌다.

악터스가 압도적인 무위를 보여주고 있는 것은 단순히 육체의 반사 신경이 뛰어나거나 몸놀림이 좋아서가 아니다.

그는 정식으로 검술을 사용하고 있었다.

"어, 어째서 저런 놈이 식당에서 썩고 있는 거야!"

테나게스는 부하들을 이끌고 황급히 도망쳤다.

그제야 식당이 조용해졌다.

그때 젊다는 말보다 어리다는 말이 더 어울리는 청년이 위층에서 내려왔다.

"아예 여기 수상한 놈이 있다고 광고라도 하지?"

테오발트는 눈살을 찌푸렸다.

악터스는 검을 내려놓고 머리를 조아렸다.

그걸 보고 뷜로가 악터스 편을 들었다.

“하지만 식당이 몽땅 부서지게 생겼는데 그냥 보고만 있을 수는 없지 않습니까요. 이 꼴을 보십시오. 저희들에겐 선택의 여지가 없었습니다!”

“깡패를 만나거든 경비병을 불러.”

“헉, 그런 묘수가 있었다니.”

뷜로가 정말로 몰랐다는 듯 놀라는 시늉을 했다.

테오발트는 넘어진 의자를 끌어와 앉았다.

“식당 문을 닫아라. 오늘 오전 영업은 쉬어야겠군.”

그의 말에 종업원들이 분주히 움직이기 시작했다.

사실 그들은 평범한 일꾼이 아니라 테오발트가 데려온 사해의 마법사들이다.

마법사들은 현재 식당 종업원으로 신분을 위장하고 있었다.

스톰폴트와 전쟁이 터질지도 모른다고 소문이 돌고 있는 이때에 스무 명가량의 이방인이 수도에 들어와 하는 일도 없이 빈둥대고 있으면 의심을 받을 가능성이 높기 때문이다.

세상 사람들의 존경과 두려움을 한 몸에 받고 있는 사해의 마법사 뷜로 대공이 식당 바닥을 쓸면서 말했다.

“그런데 그 깡패 놈들 정말 운수도 더럽게 없군요. 다른 식당 다 놔두고 하필 여길 골라서 쳐들어온답니까.”

이 식당만 보호세를 내고 있지 않기 때문이지만 그가 사정을 알 턱이 없다.

테오발트도 모른다.

"네놈들이 더 이상 사고를 치기 전에 일을 좀 더 빨리 진척시켜야겠군. 그동안 특별한 소득은 없었느냐?"

악터스가 옷을 정돈하고 공손한 태도로 대답했다.

그래도 여전히 어딘가는 거만한 느낌이 들었다.

저 태도는 천성인 모양이다.

"키루스의 왕이 이상해졌다는 것은 식당을 오가는 일반인들도 전부 알고 있는 사실입니다. 스톰폴트와의 전쟁에서 승산이 없다는 것을 알기 때문에 모두 두려워하고 있습니다. 하지만 이것만 가지고 공왕을 마족이라고 단정하기는 무리입니다."

"흠… 마음 같아서는 공왕의 멱살을 잡고 직접 물어보고 싶군."

"왕께서 힘을 잃고 현재 이 시각까지 습격을 시도한 마족은 단 한 놈에 불과했습니다. 마족들은 불사왕의 절대적인 권위를 기억하고 있고, 만의 하나의 사태를 생각하지 않을 수 없을 것입니다. 확신하건대 마족들은 여전히 왕을 두려워하고 있습니다. 그래서 왕과 직접 대치하는 대신 뒤에서 공작을 펴는 방법을 택한 것입니다. 그들은 인간들의 그늘에서 음모를 꾸미다가 왕의 기척이 느껴지면 순식간에 모습을 감춰 버릴 것입니다."

"잠시 숨죽이고 있다가 내가 스톰폴트로 돌아가면 다시 인간들을 조종하기 시작하겠군."

"키루스 공왕을 함부로 덮칠 수 없는 이유가 바로 거기에 있습니다. 키루스 공왕이 마족이라면 일이 편하겠지만 그렇지 않다면 마족에게 도망칠 틈을 주는 격이 됩니다."

키루스 공국에 자리를 잡은 지 한 달째.

신중하게 일을 처리하자니 일의 진척이 너무 느려지고 있었다.

테오발트는 눈살을 찌푸리고 남의 말 하듯 투덜거렸다.

"귀찮은 놈들. 힘을 다 잃고 이름만 남은 왕이 뭐 그리 무섭다고 숨바꼭질까지 하는 것인가?"

"마족들은 사악하고 강하며, 아주 교활합니다. 제가 보기에 그들은 현명한 선택을 했습니다. 실제로 왕에게 덤빈 마족 하나가 뼈도 못 추리고 죽임을 당했으니까요."

"그것은 놈이 방심을 했기 때문이고."

"그렇다면 상대가 두 번 방심은 하지 않겠군요. 이번에 마족과 마주친다면 어떻게 그를 처단할 생각이십니까."

테오발트는 턱을 어루만졌다.

제법 고뇌하는 표정이다.

생각에 잠긴 지 1분 만에 그가 대답했다.

“글쎄다. 일단 대화로 풀어볼까?”

대체 저 자신감은 어디서 나오는 걸까?

지켜보면 알 일이다.

오히려 모든 것을 지켜보는 것이 바로 그의 진정한 목적이다.

악터스는 그것에 대해서는 일부러 묻지 않았다.

“키루스 공왕에 대해 가장 잘 알고 있는 것은 아무래도 그자의 가족일 가능성이 높습니다. 조사한 바에 따르면 키루스 공왕의 맏아들, 루덴도르 공자가 밤마다 거리를 쏘다니며 술을 마신다고 합니다. 어떻게 하시겠습니까?”

“식당이 아니라 술집을 차릴 것을 그랬지.”

테오발트는 잠시 생각에 잠겼다.

그리고 문득 뷜로가 건성으로 바닥을 쓸고 있는 것을 발견했다.

“악터스가 정보를 가져올 동안 너는 뭘 하고 있었느냐?”

뷜로가 갑자기 엄청나게 서러운 얼굴을 했다.

“왕까지 이러시깁니까. 요즘 온갖 허접한 놈들까지 사람 무시하는데. 아이고, 서러워서 세상 살겠나. 그저 늙으면 접시 물에 코 박고 콱 죽어야지.”

“새파란 놈이 못하는 소리가 없다. 뚝 그치지 못할까.”

“크흑, 크흑.”

빌로는 진짜 눈물을 글썽이다가 손등으로 훔쳐 냈다.

늙었다고 입버릇처럼 말하지만 정작 하는 짓은 사춘기 애만도 못하다.

저런 면을 내심 재미있게 여기고 있었지만 가끔은 의문도 든다.

"저놈은 대체 나이를 어디로 먹은 거냐?"

"……."

악터스는 묵비권을 행사했다.

＊　　　＊　　　＊

잡상인들이 강변에 가판대를 세우고 여러 물건을 팔고 있었다.

40대 중반의 사내도 그곳에 감자 구이 가판대를 열었다.

테오발트가 그 모습을 지켜보다가 참견을 했다.

"페인, 좀 더 번화가에 가까운 곳에 가게를 세우는 것이 낫지 않느냐?"

페인이라 불린 중년 사내는 인상을 찌푸렸다.

새파랗게 어린놈이 반말을 찍찍 하는데 아주 기가 막혔다.

그런데 하대를 하는 모양새가 너무 자연스럽다.

페인은 테오발트를 신분이 높은 귀족 도련님쯤 될 거라고 예상하고 있었다.

"거 정말 한가한 도련님이시네, 참견하지 말고 저리 가라?"

"그거 귀여운 호칭이구나. 도련님이라……."

테오발트는 피식 웃으며 가판대 의자를 꺼내 앉았다.

"앉지 말고 가라니까!"

"내가 어딘가의 귀하신 도련님이라면 말조심을 해야 하는 것이 아니냐?"

"말조심해야 할 것은 바로 네놈이야! 이 몸은 우샤스 가문의 정통 후계자다!"

"벌써 이십 년 전에 망한 가문 말이지."

페인은 이를 으드득 갈았다.

그러나 진짜로 화가 난 것은 아니다.

심한 말이 오가도 그것은 두 사람이 아주 친하기 때문에 가능한 일이다.

"내가 어쩌다 머리에 피도 안 마른 꼬마와 친구 비슷한 것이 되어버렸는지. 나도 이제 갈 때까지 갔지."

페인은 쉴 새 없이 투덜거렸다.

그걸 보고 테오발트가 혀를 찼다.

"쯧쯧, 진종일 투정을 부릴 기세구나."

"이건 투정이 아니라 신세를 한탄하는 거야!"

"시끄럽게 굴지 말고 묻는 말에 대답이나 해라. 왜 자꾸 강변 근처를 고집하느냐?"

손님이 많은 곳에 가게를 차리는 것은 기본 중의 기본이다.

조금 더 좋은 자리를 구할 수 있었음에도 그걸 마다하고 일부러 강변의 가판대를 사들인 이유가 궁금했다.

페인은 콧김을 크게 뿜었다.

"흥! 지금은 손바닥만 한 가판대의 주인일 뿐이지만 십 년 후엔 떼돈을 벌어서 나만의 커다란 식당을 열 계획이다. 바로 저 강 위에다가!"

"강 위에?"

"훗, 강물 위에 식당을 만들다니 네 녀석의 머리로는 상상조차 못하겠지? 하지만 수상(水上) 식당은 실제로 존재한다. 가야트리강 하류에 가면 볼 수 있지. 아직 집안이 건재하던 어린 시절 딱 한번 거기서 식사를 한 적이 있는데, 어린 눈으로 보기에도 정말 운치가 있고 훌륭하더군."

페인은 주먹을 불끈 쥐었다.

"언젠가는 내 손으로 수상 식당을 열고 말테다. 그리고 식당의 이름을 '우샤스'라고 붙이겠어!"

원래 페인의 꿈은 몰락한 우샤스 가문을 다시 일으켜 세우는 것이었다.

그는 20년이나 허비한 뒤에야 그것이 불가능한 꿈이라는 것을 인정했다.

한차례 큰 좌절을 겪었지만 페인은 다시 한 번 새로운 꿈을 꾸기 시작했다.

"우샤스 수상 식당이라… 아주 훌륭할 것 같군."

테오발트는 빙그레 미소 지었다.

뒤늦게 쑥스러워졌는지 페인은 헛기침을 했다.

"큼! 크흠! 그러니까 이 감자 구이 가게는 내 원대한 꿈의 첫걸음이라 할 수 있다!"

"하면 내가 이 식당의 첫 번째 손님이 되어주마. 어서 가서 감자 구이를 하나 내오너라."

테오발트는 동전 한 개를 가판대 위에 올려놓았다.

"더러워서 네놈한테는 안 팔아!"

페인은 동전을 손가락으로 팅겨내고 감자 구이를 공짜로 내주었다.

그런데 테오발트가 감자 구이를 든 채 먹지는 않고 주위를 두리번거렸다.

"왜 안 먹어?"

테오발트는 고개를 갸웃하며 물었다.

"소금은 어디에 두었느냐?"

"……"

페인이 눈을 끔뻑거리다가 대답했다.

"난 소금 안 찍어 먹는데."

테오발트는 감자를 한 입에 다 먹고 막대기를 페인의 머리에 집어 던졌다.

"왁! 이게 무슨 짓이냐!"

"쥐뿔도 모르는 놈이 식당을 열겠다고 큰소리 칠 때부터 알아봤다."

테오발트는 팔을 걷고 일어났다.

예전에도 감자 구이로 사용되던 가판대였기 때문에 위아래로 잘 뒤지자 소금이 나왔다.

그는 취향에 따라 찍어먹을 수 있게 작은 그릇에 소금을 담아냈다.

그뿐 아니라 가판대에 준비되어 있던 간장 등을 이용해서 짭조름한 양념을 만들었고, 그걸 감자에 고루 발라서 구웠다.

"허, 맛있잖아!"

페인은 눈을 동그랗게 떴다.

"귀한 집 도련님이 어떻게 이런 걸 할 줄 아는 거냐! 날 속였구나!"

"한 번도 내가 귀한 집 도련님이라 말한 적 없다."

"제길 속았어. 그보다 이거 주력 상품으로 삼아야겠네."

"가르쳐 줄 테니 잘 보고 배워라."

"근데 내가 만들면 왜 이렇게 짜냐?"

신경이 무디고 손재주도 없는 페인은 양념을 만드는데 계속해서 실패했다.

결국 하루 종일 감자를 구워낸 것은 테오발트였다.

"쯧쯧. 네게 요리를 가르치느니 내가 여기 주방장으로 취직하는 게 빠르겠군."

"어딜 은근슬쩍 달라붙으려고. 야, 주방장 고용할 돈 없어!"

테오발트는 잠에서 깨어났다.

난데없이 감자 구이 가게의 임시 주방장이 되는 꿈을 꿨다.

특제 감자 구이는 날개 돋친 것처럼 팔렸고, 그 덕으로 페인이라는 인간은 정식으로 식당을 낼 수 있었다.

도대체 이 꿈은 무엇을 의미하는가?

"개꿈이군."

테오발트는 간단명료하게 결론을 내렸다.

"꿈을 꾸셨어요? 피곤하신가 봐요."

에스트리트가 다가와 그의 어깨를 주물러 주었다.

국왕은 결국 에스트리트의 동행을 허락했다.

로지나도 얼결에 키루스 공국까지 끌려왔다.

그녀는 여전히 적응이 안 되는지 근처 소파에 어색하게 앉아 있었다.

테오발트는 두 사람의 모습을 확인하며 다시 서류를 집어

들었다.

키루스 공왕의 정체를 파악하기 위해 루덴도르 공자와 안면을 트기로 결정했다.

책상 위에 루덴도르 공자에 대한 자료가 잔뜩 올라와 있었다.

테오발트가 생각에 잠겨 있을 때 에스트리트가 말했다.

"고전적인 방법을 사용하는 것은 어떨까요? 으슥한 골목길에서 험상궂은 건달이 루덴도르 공자를 위협하고 있을 때 테오발트님이 나타나서 그분을 구해주는 거예요. 밤늦게 술을 마시고 다닌다고 하니 상황을 연출하는 것은 어렵지 않겠죠."

테오발트가 고개를 들었다.

"그건 여자아이를 유혹할 때 쓰는 방법이 아니냐."

"의외로 남자들에게도 잘 통해요."

"확실히 고전적이지만 쓸 만한 방법이로구나."

"남자들은 강한 사람을 동경하지요. 건달을 퇴치할 때 오라 블레이드를 보여준다면 쉽게 루덴도르 왕자의 호감을 살 수 있을 거예요."

"이 녀석, 여자애를 꼬드기는 게 아니라니까 그러는구나."

테오발트는 웃으면서 그녀의 코를 꼭 잡았다.

에스트리트도 코맹맹이 소리를 내며 웃었다.

두 사람이 화기애애한 분위기를 연출하는 동안 로지나는

덩그러니 소파에 앉아 있었다.

대화에 참여할 수가 없었기 때문이다.

그녀에겐 에스트리트처럼 일을 도울 능력이 없었다.

로지나는 괜히 땅만 노려보며 입을 삐죽거렸다.

'날 좋아해서 같이 가자고 말한 줄 알았는데, 내 착각인가? 이럴 거면 나를 왜 여기까지 데려온 거야.'

그렇게 시간을 보내고 있는데 아래층에서 시끌벅적한 소리가 들려왔다.

아무래도 식당에 손님이 들이닥친 모양이다.

바란 적도 없는데 신분 위장용 식당은 날이 갈수록 번창해 갔다.

부엌 안에서는 마법사인지 요리사인지 모를 이들이 열심히 음식을 만들었고, 음식을 나르는 이들도 한층 바빠졌다.

일손이 모자란다는 이야기를 듣고 에스트리트는 앞치마를 허리에 둘렀다.

공주님이 직접 나서는데 로지나가 가만히 있을 수 있는가.

그녀도 마지못해 앞치마를 꺼냈다.

그때 테오발트가 두 사람을 말리고 나섰다.

"매번 말하지만 너희들이 이런 일을 할 필요는 없다. 손님이 많으면 그냥 돌려보내면 돼."

"어차피 할 일도 없는 걸요. 하루 종일 차나 마시고 쇼핑이나 하면서 시간을 때우자니 머리가 굳어버리는 것 같아요. 게다가 식당 일을 생업으로 삼는 분께 실례가 되는 말일지 모르겠지만, 색다른 경험이라 저는 은근히 이 일이 재밌어요. 그렇죠, 로지나 영애?"

로지나는 흠칫 놀라서 대답을 못했다.

하루 종일 차나 마시며 수다를 떠는 게 왜 싫단 말인가.

갖은 보석이며 사치스런 드레스를 쇼핑하는 일은 아무리 해도 질리질 않는다.

그에 반해 식당에서 그릇을 옮기고 물걸레질을 하다 보면 허리가 빠개지는 것처럼 아프다.

색다른 경험은 개뿔!

내가 왜 이런 일을 해야 돼!

그녀는 애써 속내를 숨겼지만 테오발트의 눈엔 그 속내가 훤히 보였다.

그는 피식 웃었다.

이번만큼은 에스트리트가 과했다.

놀고먹는 것을 싫어하는 사람이 세상에 몇이나 되랴.

"몸이 불편해 보이는구나. 며칠 방에서 쉬지 않겠느냐?"

테오발트가 부드럽게 물었다.

그 순간 다 죽어가던 로지나의 두 눈이 샛별처럼 반짝 빛냈다.

"그, 그래도 될까?"

테오발트는 귀여운 새끼 강아지 대하듯 그녀의 머리를 토닥토닥 매만져 주었다.

이번엔 에스트리트가 입을 삐죽했다.

'바람둥이!'

테오발트가 한눈을 파는 새에 두 여인의 시선이 마주쳤다.

파직 한 차례 불꽃이 튀었다.

이리하여 로지나는 방에 남고 에스트리트만 식당으로 내려왔다.

원래 식당에 손님이 드나들기 시작한 것은 아리따운 미인이 있다는 소문이 나면서부터이다.

그 뒤엔 점차 음식 맛이 좋아지면서 단골이 늘어났다.

며칠 하고 나니 마법사들의 솜씨가 좋아진 것이다.

순수하게 음식을 즐기던 손님들은 소문의 미인이 나타나자 나지막이 탄성을 냈다.

"여기에 주문 좀 받으시오."

그만 먹고 나가려던 손님도 에스트리트의 얼굴을 보려고 새로 주문을 했다.

구석에서 유리잔을 정리하던 뷜로가 칭얼거렸다.

"폐하, 공주님더러 제발 내려오지 말라고 하십쇼. 손님이 자꾸 늘지 않습니까.”

“시끄럽구나. 이렇게 장사가 잘되는데 누가 우리를 스톰폴트에서 보낸 간세라고 의심하겠는가. 이참에 앉아서 떼돈이나 벌어보자.”

“마탑에 가만히 앉아서 뇌물을 두어 번만 받아도 몇 배는 버는데.”

“네 녀석은 언제쯤 철이 들는지 모르겠구나.”

테오발트는 애정을 담아 빌로의 정강이를 걷어찼다.

짤랑짤랑.

실랑이를 벌이는 동안에도 새로운 손님이 들어왔다.

세 명의 귀족 청년이었다.

아직 초저녁인데 어디서 질펀하게 술을 마셨는지 걸음이 꼬이는 자도 있었다.

악터스가 새삼스럽게 그들을 눈여겨보다가 테오발트에게 다가왔다.

“저걸 보십시오.”

그는 갈색 머리카락의 청년을 가리켰다.

“공교롭군요. 제 기억이 틀리지 않다면 저 청년은 루덴도르 공자입니다.”

테오발트도 루덴도르 공자의 초상화를 기억해 내며 고개를 끄덕였다.

루덴도르는 평소처럼 술을 퍼마시다가 친구들의 추천으로 식당을 방문한 참이었다.

상당히 넓은 가게임에도 남은 자리가 구석진 곳의 하나뿐이었다.

빈자리를 찾기가 힘들 정도로 손님이 많은 걸 보니 음식 맛이 괜찮기는 한 모양이다.

그는 불만 대신 기대감을 안고 친구들과 함께 구석진 자리에 앉았다.

"무엇을 드시겠습니까? 오늘은 남부에서 싱싱한 해산물이 많이 들어왔답니다. 메뉴를 고르시는데 도움이 되셨으면 좋겠어요."

여종업원이 주문을 받으러 다가왔다.

완벽한 북방식 억양에 감탄해서 루덴도르는 고개를 들었다.

그리고 그녀의 얼굴을 확인한 순간 술이 확 깨는 것을 느꼈다.

루덴도르도 소국이긴 하나, 명색이 한 나라의 왕자이다.

궁전 안에 아름다운 시녀들이 수없이 많다.

그들을 매일 보고 자란 루덴도르가 덜컥 놀랄 정도로 여종업원은 대단히 아름다웠다.

또한 검고 밋밋한 식당 옷을 입고 있음에도 이해할 수 없는 기품이 느껴졌다.

루덴도르를 식당으로 데려온 친구가 그녀에게 말을 걸었다.

"귀한 분을 모시고 왔는데 마침 에스티 양이 가게에 계셨군요. 운이 좋은데요."

"바로 이분이 팔스님께서 모시고 오신 귀인이신 것 같군요."

에스트리트는 단번에 루덴도르를 짚어냈다.

일행의 태도나 분위기를 통해서 추측해 낸 것이다.

사람들은 비단 아름다울뿐 아니라, 총명하며 기품이 넘치는 그녀에게 쉽게 반하곤 했다.

그것은 루덴도르도 예외가 아니었다.

그는 아리따운 여성에게 잘 보이고 싶은 마음에 큰소리를 탕탕 쳤다.

"이 가게에서 가장 비싼 것들로 가져오시오!"

"후후, 감사합니다."

에스트리트는 빙그레 웃으며 돌아갔다.

그때 테오발트가 카운터에서 기다리고 있다가 그녀를 불렀다.

"무슨 일이에요?"

"갑작스럽지만 저 젊은이가 루덴도르 공자인 모양이다."

“네?”

에스트리트는 고개를 돌려 루덴도르 얼굴을 다시 살펴보았다.

“일국의 왕자가 초저녁부터 술에 절어 다니다니 정말 한심하군요.”

눈살을 찌푸리고 있던 그녀는 문득 파란색 눈을 반짝거렸다.

“후후, 루덴도르 공자가 제게 마음이 있는 것 같더군요. 원하신다면 제가 접근해서 정보를 캐볼게요.”

에스트리트는 머리가 좋고 눈치도 아주 빠른 편이다.

술이 취한 어수룩한 청년의 속내 정도는 얼마든지 꿰뚫어 볼 수 있었다.

하지만 테오발트는 일언지하에 그 제안을 거부했다.

에스트리트의 눈빛이 고양이처럼 호선을 그렸다.

“혹시 질투하시는 거예요?”

“자기 연인에게 낯선 사내가 치근대는데 그걸 좋아할 사람이 몇이나 되겠느냐?”

“재미없어. 조금만 수줍어해 봐요.”

테오발트는 미소 지으며 토라진 에스트리트의 머리칼을 쓰다듬어 주었다.

그리고 루덴도르 공자를 살펴보았다.

식당 주인 행세를 하면서 그와 안면을 터볼까?

콰앙!

그때 험상궂은 사내들이 출입문을 걷어차고 식당 안으로 난입했다.

그들은 루시오파 소속의 깡패들이었다.

보호세를 받으러 왔다가 악터스에게 쫓겨난 바 있는 그들은 일부러 손님이 많은 시간에 다시 가게로 쳐들어왔다.

험한 꼴을 당한 손님들은 다시는 그 식당을 방문하지 않는 법.

거기에 소문까지 나면 식당은 더욱 큰 타격을 입게 된다.

"주인 새끼 당장 이리로 끌고 나와!!"

루시오는 음식이 잔뜩 올라와 있는 탁자를 발로 걷어차며 소리를 질렀다.

손님들은 비명을 지르고 혼비백산했다.

식당에서 도망치려고 했지만 깡패들이 출입구를 막고 있어서 도망칠 수도 없었다.

모든 손님들은 두려움에 벌벌 떨었다.

그러자 식당 종업원의 탈을 쓴 사해의 마법사들은 오만상을 다 썼다.

안 그래도 바빠 죽겠는데 저것들은 또 웬 잡것들인가.

뷜로는 깡패들을 동정했다.

“보고 있자니 애처롭구먼. 그러니까 옆집도 있고 뒷집도 있는데 왜 하필 여기로 쳐들어오냐고. 전생에 무슨 죄라도 졌나?”

이 가게만 보호세를 안 냈기 때문인데 여전히 아무도 그 사실을 모른다.

“주인 새끼 안 나와?”

루시오는 다시 한 번 목청을 돋웠다.

테오발트가 뒷짐을 지고 앞으로 걸어나왔다.

“내가 이 식당의 주인인데 뭐가 그리도 급해서 고래고래 소리를 지르느냐?”

“네놈이?”

루시오는 미간을 찡그렸다.

이제 겨우 스무 살이 됐을까, 새파랗게 젊은 놈이 이렇게 큰 식당의 주인이라니.

그의 의문을 이해한 테오발트가 대답했다.

“얼마 전에 아버지가 돌아가시고 내가 재산을 물려받았다.”

“홍, 좆도 모르는 애새끼였어. 그래서 겁도 없이 까불었군.”

루시오는 코웃음을 치며 품에서 흉기를 뽑아 들었다.

반항하는 놈들은 제대로 밟아놔야 똑같은 놈들이 다시 생기지 않는다.

"게 멈춰라!"

그때 식당 구석에서 노성이 터져 나왔다.

루덴도르가 사람들을 헤치고 나왔다.

"수도의 치안이 나쁘다는 소문이 돌더니 그것이 참말이었구나!"

"젊은 귀족나리. 다치기 전에 뒤로 빠지쇼. 내 그쪽엔 유감이 없거든."

이것은 비밀이지만 루시오파와 플랑파 뒤에는 각기 거대 귀족 가문이 버티고 있었다.

귀족이라도 여간한 자는 그들을 건드릴 수 없었다.

두목은 코웃음을 치면서 루덴도르를 위아래로 꼬나보았다.

"네 이놈, 힘없는 양민을 괴롭히다니 용서할 수 없다!"

루덴도르는 크게 노하며 허리춤에서 검을 뽑아 들었다.

정의의 기사 흉내를 내는 것이 가소로워 두목도 칼을 이리저리 휘둘러 위협을 했다.

당장에라도 칼부림이 터질 상황이었다.

"루덴도르 공자님!"

그때 루덴도르의 일행이 일부러 호칭까지 붙여 그를 불렀다.

혹시 공자가 잘못될지도 모른다고 생각해서였다.

"루, 루덴도르 공자님이라고?"

두목은 크게 당황했다.

제아무리 거대 귀족가문이 버티고 있어도 공왕의 아들이라니 상대가 너무 나쁘다.

'이런 젠장, 똥 밟았다!'

그는 얼른 꼬리를 내리고 철수하려고 했다.

두목의 속내를 간파한 루덴도르가 길을 가로막았다.

"네 이놈 어딜 도망가려고 하느냐!"

"하, 한 번만 용서해 주십시오. 제가 귀한 분이 계신 것도 모르고 난동을 피웠습니다."

두목은 어색하게 입꼬리를 당기며 말했다.

순식간에 태도가 바뀌자 루덴도르는 침을 뱉었다.

"더럽고 비굴한 놈 같으니라고! 하긴 내 배경이 두려워 감히 덤비질 못하겠구나. 그렇다면 내 여기서 맹세하겠다. 너에게 어떤 상처를 입는다 해도 절대 보복을 하지 않을 것이다. 어떠냐, 이제는 조금 용기가 생기느냐?"

"에……."

저렇게 말해도 정작 상처를 입으면 개떼처럼 병사들을 이끌고 쳐들어올 것이 틀림없다.

저런 허투루 한 맹세 따윌 어떻게 믿는가.

"모두 들거라! 이 자리에 있는 모든 이들이 증인이다! 나의 성 키루스를 걸고 맹세하건대 나는 어떤 이유에서도 결코 네 놈들에게 보복을 하지 않겠다!"

루덴도르는 다시 한 번 맹세를 했다.

두목은 억지로 눌러뒀던 아니꼬운 심정이 불끈 치미는 것을 느꼈다.

애초에 루덴도르의 뒤에 버티고 있는 공왕이 무서웠던 거지, 그를 무서워한 것이 아니다.

그런데 잘난 척하고 거들먹거리는 꼴이라니.

"공자님, 증인이 이렇게 많소. 이젠 두말하려고 해도 할 수 없을 거요."

"물론이다. 배경 따위 없어도 네 까짓 놈들은 충분히 내 힘으로 물리칠 수 있다!"

"후회하지 마쇼."

루시오는 코웃음을 치며 칼을 쥔 팔을 늘어뜨리고 몸도 낮췄다.

언제든지 튀어나가며 칼질을 하기 위한 자세였다.

그에 반해 루덴도르는 반듯하게 서서 정식으로 검을 쥐었다.

"타하!"

루덴도르가 기합을 지르며 먼저 공격을 시도했다.

혼신의 힘을 다한 일격이었다.

그러나 루시오는 훌쩍 옆으로 움직여 공격을 피했다.

그의 입에서 픽, 하고 김빠지는 웃음소리가 흘러나왔다.

루시오는 검을 쑥 뻗어 루덴도르의 코앞에서 한 차례 휘둘렀다.

"억!"

루덴도르는 깜짝 놀라며 뒤로 물러섰다.

균형을 잡지 못해 꼴사납게 버둥거리기까지 했다.

그는 이를 악물고 다시 한 번 루시오를 공격했다.

그러나 검을 쥐는 법도 팔을 휘두르는 모양도 전부 엉터리였다.

그는 대낮부터 술을 마시기 시작해서 제대로 걷지도 못하던 상태였다.

검술을 제대로 펼칠 수 있을 리 만무하다.

"크아아악!!"

루덴도르는 분기를 참지 못해 괴성을 질렀다.

그는 어렸을 때부터 공국 최고의 기사에게 검을 배워왔다.

뭇 사람들의 모범이 되기 위해 이십 년 넘게 고된 수련을 견뎌냈다.

그런데 저따위 깡패도 제대로 상대하지 못하다니 말이 되지 않는다.

모든 것이 그가 방탕한 생활을 해온 탓이다.

견딜 수 없는 자괴감이 루덴도르를 잠식했다.

"쯧쯧, 큰소리를 치고 겨우 이거요?"

루시오는 슬슬 마무리를 지을 준비를 했다.

그래도 왕자님이신데 진짜로 상처를 입힐 수는 없다.

가슴을 찌르는 척하다가 멋지게 인생의 충고를 한마디 날려주고 이곳을 떠나도록 하자.

그는 히죽 웃으면서 결정을 내렸다.

그리고 곧장 칼로 루덴도르의 심장을 찔렀다.

그때 갑자기 테오발트가 끼어들더니 그의 옆구리를 냅다 걷어찼다.

"컥?"

루시오는 충격에 칼을 떨어뜨리고도 옆으로 서너 발자국 밀려났다.

테오발트는 망연자실해 있는 루덴도르를 내려다보며 말했다.

"공자의 각오 자체는 나쁘지 않으나, 이런 데서 죽을 필요는 없지 않습니까?"

"아……."

루시오가 얻어맞은 충격으로 기침을 토하며 속으로 외쳤다.

진짜 죽이려고 한 게 아냐!

게다가 멋진 대사도 내가 할 참이었는데!

그러나 이미 때는 늦었다.

숨을 가다듬은 뒤, 루시오는 이를 부득부득 갈며 테오발트를 향해 걸어갔다.

“이 새끼, 뭘 믿고 감히 끼어드는 거냐?”

“나를 믿고.”

“이게 간이 처부었……!”

루시오가 미처 말을 끝내기도 전에 테오발트가 주먹으로 콧등을 찍었다.

뿌직!

단번에 코뼈가 부러졌다.

“끄어.”

루시오는 주먹이 날아오는 것을 보지도 못했다.

그는 으스러진 코로 피를 줄줄 흘리며 신음 소리를 냈다.

“보기가 좀 그렇군. 너희들은 두목을 데리고 얼른 떠나거라.”

테오발트는 입구 쪽에 서 있는 깡패들에게 말하며 루시오의 배를 발로 찼다.

별로 힘이 실리지도 않은 것 같았지만 결과는 그렇지 않았다.

루시오는 부하들이 서 있는 곳까지 날아갔다.

"끄르륵."

그는 거품을 물고 기절해 버렸다.

루시오의 부하들이 믿기지 않는 광경을 보고 눈을 부릅떴다.

"뭐, 뭐냐. 상인 나부랭이가 어째서 이렇게 강한 거야?"

"나는 며칠 전에 이 가게를 물려받았다."

테오발트가 말했다.

그러나 무슨 소린지 이해가 안 갔다.

"그러니까 내 아버지가 상인이었다. 나는 상인이 된 지 며칠 안 됐지."

왕년에 어디선가 날리던 놈이었나 보구나!

깡패들은 그렇게 결론을 내리고 루시오를 업은 채 서둘러 식당을 빠져나갔다.

순식간에 상황이 정리되자 손님들이 박수를 치고 환호성을 질렀다.

원래 내 일이 아니라면 불 구경과 싸움 구경이 가장 재미있다 하지 않던가.

게다가 무서운 깡패를 단 두 방에 기절시키다니 언제 이런 구경을 다시 하랴.

당장 집에 돌아가서 떠들어댈 무용담이 하나 생겼다.

어수선한 분위기 속에서 루덴도르 공자는 고개를 깊이 숙이고 있었다.

테오발트가 다가가 손을 내밀었다.

"공자님, 안쪽에서 잠시 쉬다 가시지요."

"고맙네."

루덴도르는 순순히 감사를 표하고 그의 뒤를 따랐다.

언뜻 건실한 심성이 엿보였다.

대낮부터 술이나 퍼마시는 망나니답지 않았다.

식당이 정리될 동안 테오발트는 루덴도르 공자와 대화를 나누었다.

"아직 젊은데 실력이 대단하시오. 훌륭한 젊은이로군."

루덴도르는 솔직히 호감을 표했다.

상황이 꼬였지만 에스트리트가 제안한 작전대로 이루어진 셈이다.

"공자님께서는 좀 더 수양을 쌓으셔야겠습니다. 날고 기는 전사도 게으름을 피우면 실력이 녹슬게 마련입니다."

테오발트가 담뱃대를 꺼내 물면서 말했다.

루덴도르는 기가 막혀 잠시 말문이 막혔다.

일국의 왕자가 칭찬을 했건만 그 화답으로 무안을 주다니?

하지만 모든 것이 사실이라고 생각하자 그런 건 아무래도 좋아졌다.

"하아."

그는 깊이 한숨을 토했다.

테오발트가 턱짓을 했다.

"고민이 있다면 어디 한번 털어놓아 보십시오. 들어드리겠습니다."

일국의 왕자에게 누가 이렇게 건방지게 구는가.

하지만 기본적으로 호감을 깔고 들으니 어쩐지 신뢰가 가는 목소리였다.

아부 섞인 말 대신 솔직한 답변을 해줄 것 같은 느낌.

루덴도르는 분위기에 휩쓸려 이야기를 술술 털어놓기 시작했다.

그러잖아도 누구에게 하소연이라도 한 번 해보고 싶었다.

"나는 정식으로 후계자로 내정되지는 않았지만, 옛날부터 공왕이 될 것이라는 이야기를 공공연하게 듣고 자랐네. 실제로 아버지께서도 내게 공국을 물려주겠노라 직접 말씀하곤 하셨지."

그는 회상에 잠겼다.

루덴도르는 뭇 사람들이 존경할 수 있는 군주가 되기 위해 그동안 불철주야 노력해 왔다.

키루스 공왕도 성실한 아들을 매우 흡족하게 여기고 아꼈다.

그런데 어린 후궁에게서 뒤늦게 핏덩이를 얻자 키루스 공왕의 관심이 모두 그에게로 옮겨갔다.

급기야는 그를 후계자로 삼겠다는 이야기를 비공식적인 자리에서 언급하기에 이르렀다.

루덴도르는 크게 좌절했다.

왕의 신임을 얻는데 걸린 시간은 이십 년이 넘는데 몰락하기까지는 그야말로 하루아침이었다.

이런 꼴이 되기 위해서 그렇게 이를 악물고 노력했는가.

그는 괴로움을 잊기 위해 그동안 매일같이 술을 옆에 끼고 지냈다.

"흔하다면 흔한 이야기로군요. 새로 얻은 늦둥이에게 마음을 빼앗겨 큰아들을 저버린 왕이라."

그러나 당사자에겐 전혀 흔한 이야기가 아니다.

루덴도르는 이를 꽉 사려 물었다.

"키루스 공왕이 변했다는 소문은 저도 들었습니다. 최근엔 대책없이 스톰폴트에 싸움을 걸기도 했다던데."

"아! 나도 뒤늦게 그 소식을 듣고 어찌나 놀랐는지 모르네. 모르는 사이에 둠 왕국과 밀약이라도 맺은 건지……."

생각없이 중얼거리던 루덴도르는 황급히 입을 다물었다.

테오발트는 피식 웃었다.

"그 정도는 누구나 짐작할 수 있는 일입니다."

"흐음……. 그건 그렇지."

"그렇다면 키루스 공왕께서는 어린 왕자님을 편애하기 시작하면서 점차 호전적인 성정으로 변하신 것입니까?"

"글쎄, 그건 어떨지. 사실 호로스는 올해로 열 살이 되었다네. 지난 10년 동안 아버지는 한 번도 호로스를 특별 대우한 적이 없었지. 그런데 최근에 갑자기 호로스를 편애하시기 시작했어. 그렇군! 내가 어린 호로스를 해할까 봐 지금까지 속내를 감추고 계셨던 게야!"

루덴도르는 분기를 참지 못해 주먹을 부르르 떨었다.

그러나 테오발트는 시큰둥한 표정만 지었다.

대화의 흐름이 자꾸 왕실의 애증 관계로 넘어가는데, 그가 듣고 싶은 이야기는 그런 게 아니다.

키루스 공왕은 단순히 어린 아들에게 정신이 팔린 것뿐인가?

테오발트는 좀 더 직접적으로 질문하기로 했다.

"키루스 공왕께서는 갑자기 성정이 변하셨습니다. 공자께서는 혹시 공왕께 이상한 징후를 발견하지 못하셨습니까? 이를테면 신전의 축복을 받은 물건 따위에 거부반응을 보인다든가."

질문이 떨어진 그 순간이었다.

루덴도르가 갑자기 표정이 변해서 뒤로 물러났다.

허리에서 검까지 뽑아 들고 노성을 질렀다.

"네놈, 목적이 있어 내게 접근을 했구나!"

테오발트는 홍미가 샘솟는 것을 느꼈다.

맹하게 굴다가 어째서 갑자기 예민하게 반응을 하는 걸까.

"왜 그렇게 생각하셨습니까?"

"네 이놈! 무엇을 알고 있느냐?"

"키루스 공왕께서 위험에 처해 계실지도 모릅니다. 만약 공왕께서 신물에 거부반응을 보였다면 그 가능성은 한층 올라갑니다."

"뭐, 뭐라고? 아버지께서 위험하다고?!"

루덴도르는 흠칫 놀라 되물었다.

드디어 본론을 꺼낼 준비가 된 듯하다.

테오발트는 담뱃대를 내려놓았다.

"스톰폴트에 마족이 나타났다는 소문을 아마 들으신 적이 있으리라 생각합니다."

"물론 들었네. 어차피 전부 스톰폴트에서 꾸며낸 소문일 테지. 마족이라니!"

"꾸며낸 것이 아닙니다. 말만 늘어놓을 것이 아니라 먼저 이분을 만나보시죠."

커튼을 걷고 지그문트가 방 안으로 들어왔다.

루덴도르는 백발 때문에 처음엔 상대가 노인인 줄 알았다.

젊은 사람의 머리카락이 어쩌다 저리 하얗게 세어버렸단 말인가.

하지만 지그문트는 루덴도르의 예상보다 훨씬 나이가 많다.

"내 이름은 지그문트 폰 베르그이젤이라 하오."

그는 스스로 이름을 밝히며 성검을 뽑았다.

단지 검신을 드러냈을 뿐인데 성력이 봇물처럼 왈칵 터져나와 순식간에 방 안을 가득 메웠다.

루덴도르는 눈을 부릅뜨고 주위를 둘러보았다.

믿어지지가 않았다.

이곳은 낡고 지저분한 쪽방일 뿐인데 마치 신전의 대강당 가운데에 서 있는 것 같았다.

"영웅 지그문트."

망연히 중얼거리던 루덴도르가 칼을 바닥에 떨어뜨렸다.

묻지 않아도 그가 스스로 이야기를 시작했다.

"보, 보름 전의 일이네. 아버지께서 내내 신경이 날카로운 것처럼 보이기에 내가 저울과 조화의 신전을 방문해 작은 향 단지를 얻어왔지. 그것은 사제의 축복이 걸려 있는 아주 귀한 물건이네. 한데 아버지께서 생각없이 향 단지를 집으시더니 갑자기 흠칫 놀라며 바닥에 떨어뜨리시는 것이 아닌가. 그 순간 나는 그만 보고 말았네, 아버지의 손끝이 불에 탄 것처럼 까맣게 죽어 있는 것을. 나는 착각이었을 거라고 생각했네. 착각이어야만 했으니까."

테오발트가 말했다.

"키루스 공왕을 뵐 수 있게 자리를 마련해 주시겠습니까."

"……."

루덴도르는 혼란에 가득한 눈으로 테오발트와 지그문트를 응시했다.

루덴도르 공자의 초청을 받아 테오발트는 왕궁으로 향했다.

동행하는 인원은 지그문트를 포함한 소수였고, 로지나와 에스트리트는 식당에 남았다.

두 사람을 지켜주기 위해 여기까지 데려왔지만 마족과 전투가 일어날 수도 있는 장소까지 데려갈 수는 없었다.

늙은 시종의 안내를 받아 왕궁 안으로 들어갔을 때였다.

수십 명의 기사가 튀어나와 일행에게 창을 겨누었다.

테오발트는 창끝을 손가락으로 튕기며 물었다.

"환영 인사가 과격한데?"

루덴도르 공자가 호위를 받으며 걸어나왔다.

"너희들을 완전히 믿을 수가 없기 때문이다. 네가 만약 거짓부렁을 하는 것이라면 이곳에서 살아나갈 수 없을 것이다!"

"의외로 신중한 면도 있었군."

하지만 성검을 가진 옛 영웅에서 시작해서 사해 마법사들의 수장 악터스와 뷜로가 눈을 시퍼렇게 뜨고 있다.

진정 그들을 막고 싶었다면 일만의 정예 군단 정도는 데려와야 했다.

그러나 일부러 그 사실을 알려줄 필요까진 없다.

그때 늙은 시종이 눈을 데굴데굴 굴리면서 물었다.

"저, 루덴도르 공자님, 어찌할까요?"

"시종장, 놀라게 해서 미안하오. 아버지께서는 여전히 서재에 계시오?"

루덴도르가 정중히 말했다.

흉흉한 분위기에 긴장했는지 시종장이 엉거주춤하게 일행을 안내했다.

고풍스러운 문 앞에 당도했다.

루덴도르는 목소리를 높여 말했다.

"공왕 전하! 유언비어로 민심을 동요시키고 다니던 대역죄인들을 끌고 왔습니다! 직접 놈들을 보고 처단을 내리십시오!"

"아침부터 이게 무슨 소란이냐! 저놈들을 썩 끌어내지 못할까!"

서재 안쪽에서 호통이 터져 나왔다.

공왕의 외침에 기사들이 테오발트 일행은 물론이요, 루덴도르 공자에게도 창을 겨누었다.

그들은 루덴도르의 기사가 아니라 공왕의 기사였기 때문이다.

"공자님, 모두 물러가라는 명이십니다."

루덴도르는 기사를 옆으로 밀치고 다시금 외쳤다.

"공왕 전하! 어찌 저를 문전박대하십니까! 잠시만 나와서 얼굴이라도 보여주십시오!"

"……"

아무런 대답이 들려오지 않는다.

완전한 무시였다.

루덴도르의 얼굴이 붉어졌다.

이렇게까지 괄시를 받을 줄이야.

기사들도 다소 떨떠름한 표정을 지었다.

사람 좋고 건실했던 공자가 순식간에 왕의 총애를 잃고 괄시받는 모양이 썩 좋지는 않았다.

늙은 시종장도 역시 안타까운 표정을 짓고 있다가 갑자기 입을 열었다.

"공왕 전하, 주제넘게 나선다고 나무라지 말아주십시오. 제발 부탁드립니다. 딱 한 번만 공자님을 만나주십시오. 이

늙은이의 처음이자 마지막 부탁입니다."

늙은 시종장은 아주 오랜 옛날부터 공왕을 모셔왔던 심복이었다.

루덴도르는 고마운 마음에 시종장을 바라보았다.

덜컹.

그때 서재 안에서 인기척이 들렸다.

잠시 더 침묵이 이어진 뒤 공왕의 목소리가 흘러나왔다.

"좋다. 들여보내라."

테오발트는 공왕의 목소리에 신경을 집중했다.

아무런 감흥도 느껴지지 않는다.

순간적인 직감으로 그는 완전히 헛짚었다고 생각했다.

어찌 목소리나 느낌만으로 마족이고 아님을 구분할 수 있는가?

이유는 알 수 없으나 그 직감은 거의 확신에 가까웠다.

쿠웅!

서재의 문이 열렸다.

당당한 풍채를 가진 공왕이 근엄하게 서서 루덴도르와 일행을 굽어보았다.

"무슨 용무이냐?"

"번잡하게 해드려 죄송합니다. 그게, 어떤 용무인가 하니……"

루덴도르는 말을 다 잇지 못하고 안타까운 눈으로 공왕을 바라보았다.

정말 공왕이 마족에게 홀려 있다면 어찌한단 말인가.

모든 것이 자신의 기우이기를!

그때 테오발트가 손짓을 했다.

"확인해라."

지그문트는 즉시 성검을 뽑아 들었다.

공왕의 기사들이 저지할 틈도 없이 순식간에 벌어진 일이었다.

성검이 냉기를 뽑어내며 사방을 정화했다.

키루스 공왕은 몹시 당황해서 두어 걸음 물러났지만 그 이상 특별한 반응은 보이지 않았다.

그가 마족이라면 온몸이 썩어버렸을 것이다.

"역시 헛짚었군."

테오발트는 눈살을 찌푸리다가 성큼 서재 안으로 들어갔다.

서재와 연결된 작은 쪽방에서 사이한 기운이 느껴졌다.

테오발트가 곧장 문으로 향하자 공왕이 소스라치게 놀라서 외쳤다.

"아, 안 돼!! 거긴 손대지 마라!!"

테오발트는 듣는 척도 않고 문을 열어젖혔다.

거대한 암흑!

문 저 너머에는 천장도 없고 땅도 없고 그저 어둠만이 가득했다.

한 걸음만 내딛으면 사악하고 악의에 가득 찬 어둠에 먹혀 버릴 것만 같았다.

빌로가 검은 공간 안에 얼굴을 삐죽 넣고 위아래로 두리번거렸다.

암흑계열 마법은 그의 특기이기도 하다.

"손바닥만 한 방을 강제로 확장시켰는데 그 면적이 어느 정도인지 예측도 못하겠구먼. 끝도 없이 깊고 끝도 없이 높고. 크허, 이건 흉내도 못 내겠는데?"

빌로는 몸서리를 치며 얼른 물러났다.

그가 흉내도 내지 못할 수준인데, 상대는 상대를 겁 줄 용도로 장난치듯 이 마법을 펼쳤다.

"공왕은 마족이 아니었지만, 마족이 이 근방에서 얼쩡거리고 있었던 것은 분명하군."

어차피 일을 망쳐 버렸다.

이렇게 됐으니 테오발트는 키루스 공왕을 직접 붙잡고 물었다.

"키루스 공왕, 놈은 어디에 있습니까?"

"노, 놈이라니?"

키루스 공왕은 혼란과 의심에 가득 차 바로 대답을 하지 않았다.

자꾸 시간이 지연되었다.

그 틈을 타서 마족이 도망쳐 버릴 수도 있었다.

테오발트는 눈살을 찌푸리며 엄히 말했다.

"내가 물었으니 너는 대답을 하는 것이 옳을 것이다!"

감히 공왕에게 명령을 했으나 아무도 그것을 깨닫지 못했다.

이해할 수 없는 위압감에 짓눌려 키루스 공왕은 더듬더듬 대답했다.

"시, 시종장이."

그는 주위를 두리번거렸다.

하지만 조금 전까지만 해도 근처에 서 있던 시종장은 어느새 모습을 감춘 상태였다.

돌이켜 보면 두문불출하던 키루스 공왕이 늙은 시종장의 한마디에 문을 열었다.

그가 키루스 공왕이 두려워하던 마족이었기 때문이다.

사악하고 교활한 마족은 테오발트의 바로 코앞에서 눈 동그랗게 뜨고 눈치를 보다가 소란한 틈을 타 놀리듯이 어디론가 도망쳐 버렸다.

"이런 발칙한 놈 같으니."

차라리 웃음이 나온다.

테오발트는 피식 실소하며 소파에 앉았다.

그동안 영문을 모르는 사람들이 이러지도 저러지도 못하고 어정쩡하게 서 있었다.

대체 저 이상한 검은 공간은 무엇이며, 키루스 공왕에게 무슨 일이 있었던 건가?

악터스가 나섰다.

"구경꾼은 전부 물리고 자초지종을 이야기해 보도록 하지."

루덴도르가 그의 말대로 하자고 망연자실해 있는 키루스 공왕을 종용했다.

사람들을 전부 물리고도 한참 시간이 지난 뒤에야 공왕이 입을 열었다.

"그 사악한 자는 어느 날 갑자기 나타났네. 나는 공국의 모든 병사들을 불러들여 맞섰으나 그는 손가락 하나로 그들을 모조리 학살하고, 내 아들 루덴도르를 갈가리 찢어 본보기를 보였지!"

루덴도르는 자신을 가리키며 눈을 끔뻑거렸다.

그는 멀쩡하게 살아서 지금 공왕의 앞에 앉아 있었다.

게다가 병사가 소집된 일도 없다.

악터스가 말했다.

"환각 마법에 당했나 보군."

"그래, 그것은 환상이었지만 현실이 될 수도 있다는 것을 나는 알 수 있었네. 나는 그자 앞에서 꼼짝도 할 수 없었어. 꼭두각시처럼 그가 하라는 대로 따라야만 했지. 그는 무슨 이유에서인지 스톰폴트 왕국을 압박하라고 했네."

"성수로 만든 술을 뱉어낸 것은 어째서인가?"

"성수로 만든 술? 아, 그자가 스톰폴트의 왕이 술을 하사하거든 토해 버리라고 했네. 스톰폴트와 전쟁을 일으키기 위해서겠지."

"향 단지를 쥐었다가 화상을 입은 것은 어찌 된 일인가?"

"나도 모르겠네. 단지를 쥐었는데 갑자기 손이 뜨끔하면서 상처가 나더군. 아아! 너무 오랫동안 사악한 마족의 기운을 쏘인 나머지 나도 악마로 변해 버린 것인가!!"

키루스 공왕은 얼굴을 감싸며 절규했다.

루덴도르도 매우 놀라며 공왕과 함께 괴로워했다.

그걸 보고 악터스가 한마디 했다.

"지랄한다."

마족이 되기 위해서는 반드시 불사왕의 피와 살을 얻어야만 한다.

하다못해 열성마족이라도 되려면 마족의 육신이 필요하다.

그런데 그게 어디 쉬운 일인가.

마족은 피 한 방울 떨어뜨리는 것도 아까워서 손발을 달달 떠는 종족이다.

키루스 공왕과 루덴도르는 여전히 서로를 부여잡고 절규하고 있었다.

더 이상 보고만 있을 수 없어 테오발트가 말했다.

"단순한 조작일 뿐입니다. 공왕이 향단지를 집어 드는 순간 마족이 손끝에 약간의 상처를 입혔겠지요."

"어, 어째서 그런 짓을."

"그놈은 일부러 몇 가지 단서를 만들어 외부로 흘려보냈습니다. 아무것도 모르는 사람은 그냥 넘어갈 정도로 사소하지만, 진상을 아는 사람은 의심할 수도 있는 종류의 것으로. 그것은 키루스 공왕을 의심하게 만들어 반드시 내가 한 번은 헛짚도록 하기 위함입니다."

빌로가 순금으로 만든 공왕의 펜에 군침을 흘리며 말했다.

"도망칠 시간을 벌어야 할 테니까요. 근데 공왕 전하, 이거나 주면 안 되겠누?"

키루스 공왕은 빌로의 말 따위 무시한 채 테오발트를 쳐다봤다.

도무지 믿기지가 않았다.

"그 사악한 악마가 자네를 피해서 도망을 친단 말인가?"

그때 지그문트가 새까만 어둠만이 가득한 쪽방으로 걸어

갔다.

그는 천천히 성검을 뽑아 전방을 겨누었다.

검신을 타고 하얗게 냉기가 흘러나왔다.

다음 순간, 지그문트는 눈에 보이지도 않을 정도로 빠르게 검을 들어 크게 아래로 그었다.

사악!

얇은 비단을 끊는 것과 비슷한 소리가 났다.

끝도 없이 펼쳐져 있던 어둠에 가늘게 한 줄기 금이 생겼다.

마치 상처가 벌어지는 것처럼 금이 조금씩 벌어졌고, 그 사이로 눈부신 빛이 뿜어져 나와 어둠을 살랐다.

사악한 어둠은 온몸을 비틀며 사라지지 않으려고 발악을 했다.

그러나 소용없었다.

끝도 없는 검은 공간이 사라지고 자그마한 쪽방이 다시 나타났다.

어둠을 먹어치운 눈부신 빛은 쪽방을 밝히고 있던 햇살이었다.

지그문트는 성검을 갈무리했다.

"……"

키루스 공왕은 더 이상 일행에게 아무것도 묻지 않았다.

*   *   *

테오발트는 구운 양고기 위에 간장 소스를 뿌렸다.

식당의 수석 주방장답게 손놀림이 아주 능수능란했다.

그는 준비를 끝낸 뒤 주방 밖으로 나왔다.

"페인!"

오랜 친구의 이름을 부르자 얼굴에 주름이 자글자글한 노인이 고개를 돌렸다.

멋을 부린다고 자주 염색을 하는데도 귓가엔 새치가 잔뜩 자라있다.

테오발트는 순간적으로 할 말을 잃어버렸다.

시간이 정말 무정하게 흐른다.

"페인, 언제 이렇게 늙어버렸느냐."

테오발트의 말을 듣고 페인은 펄쩍 뛰었다.

"이놈 봐라? 누굴 뒷방 늙은이 취급하는 거야. 나는 앞으로 삼십 년은 더 일할 거여! 아무렴, 강 위에 수상 식당을 짓기 전까진 누가 죽여도 못 죽지!"

식당 종업원들이 페인의 곁을 지나다가 지긋지긋하다는 얼굴을 했다.

페인은 감자 구이 가판대로 돈을 벌기 시작해서 이제 일꾼을 스무 명이나 거느린 커다란 식당의 주인이 되었다.

하지만 꿈에 그리던 수상 식당은 아직 만들지 못했다.

그는 입만 벌리면 수상 식당 이야기를 했는데, 정도가 너무 지나쳐 사람들은 그 비슷한 이야기만 나와도 질색을 하고 멀리 도망치곤 했다.

"그렇게 수상 식당이 가지고 싶으면 내가 하나 지어주겠다 하지 않았더냐."

"네 녀석 허풍도 이젠 지겹다. 예전에야 진짜로 어느 나라의 왕자님이라도 되는 줄 알았지만, 내 식당에서 십 년이나 허드렛일만 한 놈이 왕자님은 무슨 왕자님!"

"이놈이 수석 주방장을 허드렛일이나 하는 놈으로 몰아? 다 관두고 내 나라로 돌아가는 수가 있다."

"홍, 어디 돌아가 보시지?"

페인은 테오발트를 약 올리려고 일부러 이죽거렸다.

하지만 그의 시도가 성공한 전적은 단 한 번도 없다.

새파랗게 어린 테오발트가 올해로 쉰을 넘긴 페인의 등을 다독거렸다.

"몸조심해라. 경솔히 돌아다니다 어디 다치거나 하지 말고, 어디 아프지도 말고. 네 말따나 수상 식당을 만들려면 오래 살아야지."

"…허허. 그래, 네놈 때문에 내가 스무 살은 젊어진 것 같아서 아주 기분 좋구먼!"

어이없어하던 페인은 결국 낄낄거리며 웃음을 터뜨렸다.

퍼뜩 테오발트는 잠에서 깨어났다.

햇살이 따뜻해서 잠깐 졸았던 모양이었다.

그는 꿈을 떠올리며 가만히 웃었다.

이제 알 것 같다. 이건 개꿈이 아니다.

옛날 옛적, 아주 까마득한 옛날에 그와 페인은 둘도 없는 친구였다.

말을 하지 않아도 서로 마음이 통하는 그런 상대가 있지 않은가.

페인은 바로 그런 인간이었다.

"어떻게 하시겠습니까? 단서가 완전히 사라졌습니다. 이로써 키루스 공국에서 마족을 붙잡는 것은 사실상 불가능해졌습니다."

악터스가 말을 거는 덕에 상념이 깨졌다.

테오발트는 크게 기지개를 켜며 벤치에서 일어났다.

"끄응, 어쩔 수 없군. 이곳에서 철수한다."

"알겠습니다."

"그전에 물놀이나 한번 하고 갈까."

한 달에 걸친 계획을 망쳤음에도 그는 태연하게 말했다.

어차피 그에게 시간은 넘치도록 많다.

실패했으면 다음에 또 시도하면 될 일.

그런 것보다 옛날 꿈을 꾼 덕분에 강물을 구경하고 싶어졌다.

테오발트는 마법사들을 이끌고 강둑으로 향했다.

해가 거의 저물었기 때문에 잡상인들도 전부 가판대를 접고 떠났고, 인적도 전혀 없었다.

그는 외진 강둑을 한가로이 거닐었다.

그런데 늦은 시각에 산책을 즐기는 사람이 그 말고 또 있었다.

"……!"

테오발트는 걸음을 멈췄다.

한눈에 상대가 보통 인간이 아닌 다른 존재임을 알았다.

어떻게 뒷모습, 걸음걸이만으로도 그걸 알아볼 수가 있을까.

테오발트는 여전히 그 이유를 몰랐다.

"거기 멈춰라!"

젊고 잘생긴 사내가 무슨 일인가 하고 고개를 돌렸다.

그리고 뒤늦게 테오발트를 발견하곤 흠칫 놀랐다.

"윽, 들켰다!"

마족은 그 자리에서 도망치거나 시치미를 떼려 하지 않

았다.

그는 뒤통수를 긁으며 하하 웃었다.

"결국 걸려 버렸군요. 왕의 눈앞에서 빠져나올 때는 가슴이 조마조마하기도 하고, 저를 전혀 못 알아보시는 것이 서운하기도 했습니다. 결국 이렇게 찾아내셨으니 서운했던 일은 없었던 것으로 하죠."

테오발트는 그를 위아래로 샅샅이 훑어보다가 물었다.

"네 이름이 무엇이냐? 일단 자기소개부터 해보아라."

같은 말을 했을 때 스톰폴트 왕성으로 쳐들어왔던 마족 노비아는 헛소리를 한다고 성질을 냈다.

그러나 이 마족은 배에 손을 얹고 인사를 했다.

"큭큭, 기억을 잃어버리셨다고 하던데 그게 진짜입니까? 제 이름도 잊어버리시다니 다시 섭섭해지는데요. 저는 그류페인입니다. 서열은 91위죠. 위아래로 치이느라 요즘 죽을 맛인데 제 서열을 높여줄 생각은 없으십니까?"

"말이 많군."

"아아, 오랜만에 뵈어 반가워서 그랬습니다."

"나는 전혀 반갑지가 않다. 네가 키루스 공왕을 조종하고 혼란을 야기한 그놈이렷다?"

테오발트는 눈살을 찌푸리며 지그문트를 불러 성검을 빌렸다.

그걸 보고 그류페인은 양손을 번쩍 들고 항복 표시를 했다.

"모든 일은 윗선의 명령 때문에 어쩔 수 없이 행한 것입니다. 왕도 안 계신데 무작정 윗분의 명령에 반항했다간 목이 날아갈 수도 있습니다. 왕께서도 사정을 잘 알고 계시지 않습니까?"

"전혀 모르겠군."

"그러지 마시고요. 제가 사해를 벗어나 문제를 일으킨 것은 사실이긴 하지만, 그래도 인간을 해하거나 죽인 적은 한 번도 없습니다. 키루스 공왕은 물론이고 스톰폴트에서 왔던 사신도 멀쩡하지 않았습니까. 진짜로 누가 다치거나 하진 않았으니까 너그럽게 한 번만 봐주십시오. 저는 왕께 반항할 의사는 조금도 없습니다. 만약 저를 용서해 주신다면 제 배후에 누가 있는지, 모든 것을 낱낱이 고해바치겠습니다."

"마족 놈이라 그런가, 신의도 의리도 없군."

테오발트의 얼굴이 더욱 일그러졌다.

말을 할수록 반응이 나빠지자 그류페인은 한숨을 푹 토했다.

그는 목소리를 차분하게 깔았다.

"왕께서 힘을 잃었다는 소문을 들었습니다. 이렇게 직접 만나 뵈니 그게 정말일지도 모르겠다는 생각이 자꾸만 듭니다. 하지만 저는 이 한 몸 희생해서 소문의 진위 여부를 확인

하고 싶진 않습니다. 왕께서도 굳이 저와 부딪치는 것보다 평
화적으로 일을 진행하는 편이 더 좋지 않겠습니까?"

"……."

테오발트는 그류페인의 얼굴을 말없이 응시했다.

그가 입을 다물자 인적이 끊어진 길가에 적막이 감돌았다.

마법사들과 지그문트가 숨을 죽이고 상황을 주시했다.

갑자기 테오발트가 물었다.

"원래 시종장은 어떻게 했느냐?"

"약간 겁을 줘서 다른 나라로 쫓아버렸습니다. 재산을 챙
길 시간까지 줬습니다."

"왜 루덴도르 공자를 내치고 어린 호로스 공자를 지지하게
시킨 건가?"

"그건 제가 시킨 것이 아닙니다. 키루스 공왕이 지레 겁을
먹고 저지른 일이죠. 장차 공왕이 되더라도 자신처럼 마족에
게 조종당할 뿐이라고 생각한 그는 루덴도르 공자를 지키기
위해 일부러 밖으로 내쳤습니다. 그리고 보잘것없는 어린 아
들을 새롭게 후계자로 삼았죠. 큭큭, 가련하고 불쌍한 호로스
공자. 축복받은 열 번째 생일날 친아비의 손에 이끌려 악마의
제물로 던져지고 말았군요."

그류페인은 웃겨 죽겠다며 폭소했다.

그러나 테오발트는 웃지 않았다.

“인간은 네 장난감이 아니다.”

“어차피 호로스 공자도 무슨 일이 일어났는지 모를 테니 너무 정색하지 말아주십시오. 그렇게 노려보시니 좀 무서운데요.”

“그렇군. 어째서 인간을 괴롭혀서는 안 되는지 말해봤자 네놈이 이해할 턱이 없지.”

“하하! 그걸 이해하면 저는 마족이 아니죠.”

그류페인은 뻔뻔하게 받아쳤다.

마족들은 단 하나의 예외도 없이 모두 사악하고 잔혹한 성품을 가지고 있다.

그류페인도 본능적으로 살아 있는 것을 갈가리 찢어 죽이고 희롱하는 것을 즐겼다.

다만 불사왕의 눈치가 보여서, 이번에만 필요에 따라 손속을 약하게 했을 뿐이다.

테오발트는 다시 물었다.

“네게 명령을 내린 놈은 누구냐?”

“제 요구를 받아들여 주시겠습니까?”

“좋다. 너를 용서하고 그간의 모든 문제 행위를 불문에 부치겠다. 그뿐 아니라 네가 만족할 만한 정보를 말한다면 내 피를 몇 방울 상으로 내리겠다.”

“저, 정말이십니까? 피를 주시겠다고요?”

그류페인은 크게 흥분했다.

얼굴이 붉게 상기될 정도였다.

테오발트는 고개를 끄덕였다.

"물론이다. 내가 언제 허튼소리를 하더냐."

불사왕은 이런 일로 허튼소리를 한 적이 한 번도 없다.

그류페인은 당장에 알고 있는 것을 술술 불기 시작했다.

"키루스 공국을 조종하라고 명령을 내린 분은 마도남왕 라우지 토가님이십니다. 저기 건방진 눈빛을 가진 마법사의 주인이기도 하죠. 저 녀석이 말귀를 못 알아듣고 마법사들과 산골짜기에 틀어박히는 등 자꾸 일을 망쳐서 라우지 토가님이 바짝 약이 오르신 것 같았습니다. 눈에 보이기만 하면 머리통을 뽑아 씹어 먹겠다고 하던데."

그류페인은 손가락으로 악터스를 가리켰다.

테오발트는 무뚝뚝하게 물었다.

"그리고?"

"라우지 토가님을 포함한 제후 급 마족 네 분이 대륙에 나와 있습니다. 제가 모르는 분이 더 나와 있을지도 모르지만요. 어쨌든 네 분은 행동을 함께하며 하급 마족들을 부리고 있습니다. 그들은 현재 눈에 띄는 일을 삼가고 있는 분위기입니다만, 언제 돌출 행동을 감행할지 알 수 없는 상태입니다. 특히 라우지 토가님은 과격하기로 유명한 분이라 지지부진한

현 상황에 큰 불만을 품고 계신 것으로 보였습니다.”

“마링겐 왕비와는 관련이 없는가?”

“집시왕비를 말씀하시는 것입니까? 그녀와는 완전히 별개 행동을 하고 있다고 추측됩니다. 솔직히 그 여자는 뭘 생각하고 있는지 도통 알 수가 없어서요.”

마족이 보기에도 집시왕비가 특이한 편이긴 한 모양이다.

테오발트는 계속 물었다.

“제후 급 마족 네 놈은 누구누구이고?”

독촉이 계속 이어지자 그류페인은 못마땅한 표정을 지었다.

“이거 심문받는 거 같아 조금 기분 나쁘군요.”

기분 나쁘다고?

무슨 투정 부리는 듯한 꼬락서니에 테오발트는 기가 막혔다.

“심문이라면 심문이라 할 수 있다. 지체없이 묻는 말에 대답이나 해라.”

“쿵, 거부하렵니다. 여기서 모든 것을 다 말해 버리면 제 가치가 없어지지 않습니까. 이러지 말고 자리를 옮겨서 이야기하죠. 바람이 찬데 따뜻한 차라도 한 잔 마시면서 말입니다.”

그류페인은 투덜거리면서 뜨거운 김을 후후 부는 시늉을 했다.

그 모습을 보고 내내 표정을 굳히고 있던 테오발트가 처음으로 피식 웃었다.

"네 말이 옳구나. 이 자리에서 진상을 전부 밝혀내고 싶지만, 아무래도 그건 과욕이겠지."

"그럼 이동하죠. 차는 역시 따뜻한 것이 제격 아닙니까?"

테오발트가 얼굴의 경직을 풀자 그류페인도 한결 밝은 표정을 지었다.

그류페인은 잘 아는 찻집이 있다며 흥겨운 걸음으로 앞장섰다.

기분이 좋아서 저절로 입꼬리가 올라갔다.

왕으로부터 피를 얻을 수 있다고 생각하자 흥분을 가라앉힐 수가 없었다.

우직!

그때 날카로운 칼날이 그류페인의 가슴을 뚫고 나왔다.

그류페인은 잠시 동안 상황 파악을 못했다.

그는 뒤늦게 뒤를 돌아보았다.

"마족을 속이는 것도 그다지 어렵지는 않군."

테오발트는 피식 웃었다.

그류페인이 방심을 하고 등을 보인 사이 테오발트가 성검으로 그를 찔렀다.

성검 브룬힐트가 마족의 사악한 육신을 정화하기 시작했다.

그류페인은 검게 썩어가는 가슴 부근을 손으로 움켜쥐면서 어리벙벙하게 물었다.

"어, 어째서. 용서해 주겠다고 야, 약속을……."

"거짓말이었다."

"하, 하하. 장난이 너무 지나치십니다. 이, 이거 진짜로 죽는다고요?"

그는 어색하게 웃으며 성검을 가리켰다.

그러나 테오발트는 코웃음만 쳤다.

"당연히 죽으라고 찌른 것이다. 사악한 마족 따윈 기회가 생길 때마다 죽여 버리는 것이 세상을 위한 일이겠지."

그류페인은 눈을 휘둥그레 떴다.

이게 무슨 인간들이나 지껄일 헛소린가.

덥석!

그는 테오발트의 옷자락을 붙잡았다.

"무, 무슨 소리를 하는 건가. 당신은 대체 마족을 뭐라고 생각하는 거야?"

"글쎄다. 때려죽일 놈들?"

테오발트는 귀찮은 얼굴로 그 손을 털어내려 했다.

그류페인은 그만 얼이 빠질 뻔했다.

그 행동을 보고 깨달았다.

불사왕은 정말로 기억을 잃었다.

진짜 멍청한 인간이라도 된 것처럼 정말로 아무것도 기억하고 있지 못했다!

"불사왕! 당신이 나를 마족으로 만들었지 않은가!"

"그 정도는 나도 알고 있다."

테오발트는 여전히 시큰둥했다.

그류페인은 이를 드러내고 핏대를 세우며 고함을 질렀다.

"귓구멍을 파고 들으란 말이다!! 내가 죽어 사라지는 것을 참을 수가 없어서, 네가 나를 되살렸잖아!!"

순간적으로 테오발트의 움직임이 멈추는 것을 느꼈다.

그류페인은 실소를 터뜨리며 말했다.

"당신이 세상의 모든 마족들을 만들어냈다. 사랑하던 연인의 죽음을 견딜 수가 없어서, 늙어 죽은 친구를 다시 한 번 만나고 싶어서! 죽은 자를 되살리면 어찌 되는지 알면서도, 어느 날 참을 수 없는 그리움과 충동으로 인해! 그래서 모든 마족은 원래 불사왕의 둘도 없는 연인이거나 친구다. 불사왕의 어머니였거나 아버지였고, 또는 당신의 딸이거나 아들이었지!!"

그류페인은 손가락을 들어 테오발트를 가리켰다.

불사왕은 까마득히 오랜 세월을 살았고 셀 수 없이 많은 인간과 인연을 맺었다.

그래서 셀 수 없이 많은 마족이 태어났다.

그류페인은 다시 이야기했다.

"어째서 열성마족이 천하고 비루한 놈인지 아는가? 진성마족은 당신이 손수 창조해 낸 마족이지만, 열성마족은 어디서 운 좋게 마족의 살덩어리를 주워 먹고 태어난 놈이기 때문이다. 당신의 연인도 아니고 친구도 아니고 어머니도 아버지도 자식도 아닌 그냥 잡놈의 새끼이기 때문이다!! 어떤가, 불사왕! 당신은 애처로운 연인보다 그 잡놈을 더 아낄 수 있겠는가? 솔직히 그딴 듣도 보도 못한 새끼 따위엔 별 관심도 없잖아! 살아 있는 사해의 신이 괄시를 하는데 제깟 놈이 만년장로만큼 강해 봐야 뭐해! 백날 집 밖의 개새끼 신세지!!"

테오발트는 묵묵히 그의 이야기를 모두 들었다.

반응은 너무 간단했다.

"기억이 안 나서 말이다."

툭.

그는 그류페인의 손을 쳐냈다.

옷자락을 붙잡고 가까스로 버티고 있던 그류페인은 털썩 바닥에 주저앉았다.

"어?"

그류페인은 얼간이처럼 아주 멍청한 표정을 짓고 말았다.

그때 성검이 박힌 가슴팍에서 검은 연기가 피처럼 터져 나왔다.

"크아아아아악!!"

그류페인은 괴성을 지르며 뒤로 나동그라졌다.

더 이상 성검의 기운을 억누를 수가 없었다.

방법은 가슴에 박혀 있는 성검을 뽑아내는 것뿐이다.

그러나 그가 마족인 이상, 서열 1위인 만년장로가 온다 해도 성검을 뽑아낼 수는 없다.

이러다간 정말로 죽고 말 것이다.

"마, 말도 안 돼. 커헉! 이, 이런 식으로 죽을 수는 없어!"

용인할 수 없는 중죄를 지어 처형당하는 거라면 차라리 이해하겠다.

그런데 이게 뭔가.

이게 무슨 의미도 없는 개죽음인가?

그는 바닥을 바득바득 긁으며 다시 테오발트의 바지 자락을 붙잡았다.

"이렇게 죽을 수 없어! 이럴 수는……. 이렇게 죽을 수는 없다고!! 그류가!!"

낯선 이름이 그의 입에서 튀어나왔다.

오랜 옛날 불사왕은 테오발트가 아니라 그류가라는 이름을 사용했다.

이름은 육신이 바뀔 때마다 수시로 바뀌었다.

그러므로 마족들은 그를 이름으로 부르지 않고 그냥 불사왕이라고 불렀다.

"캬아아아아아악!"

그류페인은 다시 비명을 질렀다.

물 밖으로 끄집어낸 생선처럼 온몸을 비틀었고, 고통을 견디다 못해 스스로 가슴팍을 긁어냈다.

썩은 살점이 사방으로 튀어 올랐다.

테오발트는 그 모든 것을 무심하게 주시했다.

"끄르륵. 이, 이럴 거면…… 뭐 하러 나를 되살렸어……! 이렇게 개돼지처럼 다시 죽여 버릴 거라면, 왜, 왜 나를 되살렸느냔 말이다!! 꺼억! 불사왕, 불사왕! 그류가!!"

악에 받쳐 있던 목소리가 천천히 잦아들었다.

몸뚱이가 검게 썩고, 바지 자락을 붙잡고 있던 손도 검은 재로 변했다.

테오발트는 더 이상 그류페인의 최후를 지켜보지도 않았다.

그는 구두를 툭툭 털어내고 등을 돌렸다.

"…지, 진성마족을 저런 식으로 죽여 버릴 줄이야……."

뷜로가 침을 꿀꺽 삼켰다.

불사왕은 체제를 유지하기 위해 수많은 금령을 만들고 이를 어기는 마족을 엄히 벌했다.

많은 수의 마족을 손수 처형하기도 했다.

그러나 쉽게 그 일을 행한 것은 결코 아니다.

무수히 많은 마족 가운데에 특별하지 않은 존재가 없었다.

진성마족 그류페인, 그도 불사왕이 목숨처럼 아끼던 인간이었을 것이다.

악터스가 한 걸음 나와서 말했다.

"아직 늦지 않았습니다. 지금이라면 그류페인님을 살려낼 수 있습니다."

그류페인의 몸뚱이와 사지는 재로 변했지만, 머리는 아직 정화되지 않고 남아 있었다.

"진정 후회하지 않으시겠습니까?"

악터스가 다시금 물었다.

테오발트가 우뚝 걸음을 멈추고 돌아섰다.

순간 악터스는 흔치 않게도 어깨를 움츠렸다.

"내가 어째서 후회한다는 말이냐?"

테오발트는 담담히 말하고 있었다.

그러나 어째서인지 간담이 서늘해지고 손끝 발끝까지 소름이 돋았다.

"이놈이 간이 배 밖으로 튀어나왔나!"

빌로가 황급히 악터스를 뒤로 끌어냈다.

마족을 창조하는 것은 왕의 고유한 권한이었다.

누구도 감히 참견할 수 없고, 주제넘게 나서서도 안 될 영역이다.

사아.

싸늘한 바람이 불었다.

그류페인의 육신이었던 잿더미가 허공에 흩날렸다.

갑자기 목이 뚝 끊어지면서 남아 있던 머리가 바닥에 떽떼굴 굴러 떨어졌다.

소름 끼치는 광경이었다.

그러나 진짜 소름 끼치는 광경은 이제부터였다.

머리통이 저 혼자 바로 서더니 눈을 부릅떴다.

시뻘겋게 핏발이 선 눈이 테오발트를 노려보았다.

"불사와앙!!"

머리통만 간신히 남았지만 그류페인은 아직 살아 있었다.

"캬아아악!"

그는 미친 짐승처럼 괴성을 지르며 입을 찢어지기 직전까지 쫙 벌렸다.

입 안에서 시커먼 기운이 터져 나와 잡초와 벌레, 바닥의 흙까지 모든 것을 부패시켰다.

테오발트는 그 광경을 물끄러미 지켜보고 있었다.

그가 사용할 수 있는 마법으로는 그류페인의 힘을 감당할 수 없었기 때문이다.

그류페인은 머리만 남았어도, 사지와 몸통 분의 마력을 잃은 상태에서도 여전히 아주 강했다.

그러나 혹시 감당할 수 있었다 해도 아마 피하지 않았을 것이다.

사악한 어둠이 강변을 완전히 집어삼키려던 그 순간이었다.

화르륵!

어디선가 불길이 일었다.

그것은 단순히 불이라고 칭하기가 어색할 정도였다.

어마어마한 온도에 풀과 나무가 타는 것이 아니라 녹아버렸다.

그류페인의 암흑 마법도 예외는 아니다.

검은색 비닐이 불에 닿아 녹는 것처럼 군데군데 구멍이 나기 시작하다가 어느새 흔적도 없이 사라지는 꼴이었다.

지그문트는 테오발트를 보호하며 불길을 거두었다.

"억?"

"어째서 저놈이?"

마법사들은 놀라 자빠질 듯한 표정으로 지그문트를 가리켰다.

그는 틀림없이 마법을 쓰고 있었다.

그것도 고위 마족 그류페인의 힘을 무력화시킬 정도로 강력한 마법을!

지그문트는 상관치 않고 입술을 달싹거렸다.

"적. 화. 단. 화. 호."

주문 같은 말이 끝나자 허공에 장검의 형태로 불길이 치솟았다.

그는 바닥에 떨어져 있는 성검 브룬힐트 대신 마법으로 만든 불의 검을 쥐었다.

그류페인은 눈에 핏발을 세우고 지그문트를 노려봤다.

혹시 그는 마족인가?

처음에 잠깐 의심하기도 했으나 절대 마족은 아니다.

비리비리한 몸뚱이에서 한 톨의 마력도 찾아볼 수 없었기 때문이다.

지그문트는 어떤 강력한 마족에게서 힘을 빌려 쓰고 있을 따름이다.

말인즉슨 그는 마법사라는 뜻이다.

"이 새끼, 마법사 주제에 감히!!"

그류페인의 눈과 코, 입, 귓구멍까지 머리에 남은 모든 구멍에서 검은 기운이 폭사되었다.

지그문트는 성검을 다루던 요령으로 한 차례 검을 휘둘렀다.

전에는 얼음조각이 날아갔으나 이번엔 화염이 터져 나왔다.

분명히 형식은 비슷하다.

그러나 위력은 성검의 그것과 감히 비교조차 할 수 없었다.

그류페인은 자랑하던 암흑 마법과 함께 불길에 휩싸였다.

"크아아아악!! 말도 안 돼! 마법사 따위에게!"

사실 그류페인은 대부분의 마력을 잃고, 현재 중급 마족 수준의 능력을 가지고 있었다.

그래도 그가 마법사에게 당한다는 것은 말이 되지 않는다.

마법사 중 가장 강한 능력을 가진 악터스나 뷜로도 밑바닥 하급 마족을 간신히 저지할 수 있는 수준이다.

지그문트는 의문을 풀 기회를 주지 않았다.

그는 그류페인의 정수리를 마법검으로 찔렀다.

우직!

"우아…어어……."

그럼에도 그류페인은 아직 말을 했다.

끔찍할 정도로 끈질긴 생명력이었다.

그러나 그것도 오래가진 않았다.

그류페인은 염화 속에서 재도 남기지 않고 사라졌다.

지그문트는 바닥에 떨어져 있는 성검을 주워 다시 한 번 테오발트에게 내밀었다.

"마족의 위협으로부터 몸을 지키는데 성검이 도움이 될 것이다."

테오발트는 이번에도 성검을 거부했다.

그리고 지그문트의 얼굴을 응시했다.

오래전에 죽어서 뼈만 남아 있어야 할 사내는 지나치게 젊은 외모를 유지하고 있었다.

"예상대로 마법사였군."

그냥 마법을 익힌 자를 말하는 것이 아니다.

마족으로부터 마법을 얻은 자, 일명 사해의 마법사를 가리키는 것이다.

사해의 마법사들은 마법의 힘을 빌려 아주 오랜 세월을 산다.

지그문트도 같은 방법으로 150년이 지난 지금까지 젊음을 유지하고 있었다.

마법사들은 크게 동요했다.

"마, 말도 안 돼! 젊음을 유지하기 위해서는 수시로 마법을 써야만 한다! 한데 저놈이 마법을 쓰는 광경을 본 적이 있나?"

결국 어느 마법사가 의문을 제기했다.

지그문트는 겉옷을 벗었다.

셔츠의 단추도 하나씩 풀었다.

"마법이라면 쓰고 있다."

그는 담담히 대답하면서 셔츠의 앞섶을 열어젖혔다.

맨살 위로 거미줄 같은 실금이 빼곡히 나 있었다.

지금까지 마법에 가려 보이지 않았으나 사실 실금은 목덜미를 타고 얼굴 위까지 뒤덮은 상태였다.

그건 단순한 선이 아니라 찢어진 살점을 도로 이어붙인 흔적이다.

지그문트는 평소 망가진 육신을 치유하는 마법을 지속적으로 사용하고 있었다.

마법을 사용해야 하기 때문에 일부러 성검을 다른 장소에 두고 다닌 것이다.

"헉!"

마법사들은 헛숨을 삼키며 뒤로 물러섰다.

모든 마법사들은 보다 강력한 마법을 익히기 위해 신체를 개조했고, 그 탓에 몸 곳곳에 적지 않은 상처를 가지고 있다.

그런 마법사들도 놀래 마른침을 삼킬 정도였다.

도대체 몇 번이나 몸뚱이를 개조하고 갈아엎으면 저렇게 될 수가 있는가.

다른 누구보다도 뷜로가 크게 질겁했다.

"켁! 보기만 해도 끔찍하군. 나는 저런 걸 하느니 혀 깨물고 죽어버릴 테다. 그런데 마법사가 어떻게 성검을 사용할 수가 있는 거야?"

말을 꺼내고 보니 정말로 이해가 안 되는 일이다.

성검의 주인이 되려면 강인한 육체와 고결한 정신을 가져야 한다.

그러나 마법사란 마법의 유혹에 넘어가 악마의 하수인이 된 자를 가리킨다.

어떻게 타락한 인간이 성검을 사용할 수가 있단 말인가.

지그문트는 성검을 갈무리하며 무뚝뚝하게 답했다.

"그 이유는 나도 알 수 없다."

이번에는 악터스가 말했다.

"한때 영웅이라 불렸던 인간이 마법사가 되었다면 사해에서도 크게 소문이 퍼졌을 것이다. 하지만 나는 그런 소문은 들어본 적이 없다. 나는 사해의 모든 마법사들을 알고 있는데, 네 얼굴은 스쳐 가면서도 본 적이 없다."

악터스는 미간을 좁히며 물었다.

"네가 주인으로 섬기고 있는 마족은 누구냐?"

"때가 되면 그녀 스스로 모습을 드러낼 것이다."

영웅 지그문트가 지극히 사랑한다고 선언하였던 그녀!

그녀는 다름 아닌 사악한 마족이었다.

영웅 지그문트는 악마를 주인으로 섬기고 악마의 명령에 따라 움직이고 있었다.

사람들이 알면 놀라 넘어가고 말리라.

"그런 건 내 알 바가 아니고."

테오발트는 피곤한 얼굴로 말했다.

웅성웅성.

그류페인과 싸우느라 몇 번이나 커다란 소음이 났는데, 그
것을 듣고 인간들이 하나둘씩 강둑으로 몰려들고 있었다.

일행은 사람들의 눈을 피해 그 장소를 떠났다.

*   *   *

그날도 하늘에 구멍이라도 뚫린 것처럼 비가 억수같이 쏟
아졌다.

페인은 창밖을 내다보며 안절부절 못하다가 슬그머니 물
었다.

"아주 잠깐만 바깥 상황을 보고 오면 안 될까?"

책을 읽고 있던 테오발트가 말했다.

"물살이 아주 거세다. 지금 강가에 나가면 휩쓸려 떠내려
갈 수도 있다. 턱도 없는 소리 말고 심심하거든 낮잠이나 자
거라."

그래도 페인은 쉽게 포기를 못하고 방안을 왔다 갔다 했다.

갑자기 그가 소리를 질렀다.

"뭐가 이래! 내가 밖에 나가겠다는데 어째서 네 허락을 받
아야 하는 거냐!"

키루스 공왕 271

테오발트는 결국 책을 덮었다.

"네가 혼자서도 잘한다면 내가 왜 참견을 할까."

"이거 말하는 거 봐라. 내 나이가 벌써 쉰이다, 이놈아."

"얌전히 침대에 눕는다면 더 이상 아무 말도 하지 않으마."

"수상 식당이 부서지게 생겼는데 지금 낮잠이나 자게 생겼어!!"

페인은 결국 역정을 냈다.

그는 10년 동안 악착같이 돈을 벌어 드디어 수상 식당을 만드는 공사에 착수했다.

완성을 코앞에 두고 장마가 시작되었다.

그런데 운명이란 게 참 얄궂다.

하필 그 해 강수량이 30년 만에 최고치를 기록한 것이다.

비가 좀처럼 그치질 않아서 강물의 수위가 위험할 정도로 높아졌다.

이 상태로는 수상 식당이 무너질 가능성도 있었다.

"식당이 무너진다면 돈을 벌어 다시 세우면 된다. 그러나 목숨은 잃으면 두 번 다시 돌이킬 수 없다. 열 살짜리 어린애도 알 만한 이야기를 네놈이 좀체 이해하지 못하니 내가 애 취급을 할밖에!"

테오발트가 눈살을 찌푸렸다.

"……."

잠시 뒤 페인은 땅이 꺼져라 한숨을 토하며 침대에 주저앉았다.

그의 마음을 테오발트도 모르지는 않았다.

"마음 놓아라. 혹시 식당이 무너지면 내가 진짜로 하나 지어주마."

"네가 무슨 재주로? 수입이라곤 쥐꼬리만 한 월급뿐이면서."

페인은 평소처럼 농담으로 치부했다.

테오발트는 계속 페인을 달랬다.

그를 안심시킬 생각에 일부러 없는 말까지 지어냈다.

"내가 모아둔 돈이 제법 된다. 네 녀석 모르게 밀 수매를 해서 월급을 몇 배로 불렸지. 지난해와 지지난해 가뭄에 들었을 때 제법 재미를 봤다."

갑자기 페인이 벌떡 일어났다.

"뭐야? 그렇게 좋은 걸 내게 가르쳐 주지 않고 네놈 혼자 재미를 봤어?"

"오냐, 내가 잘못했다. 사과의 뜻으로 식당이 부서지면 새 걸로 하나 세워주마."

테오발트는 페인을 침대에 눕히고 이불까지 덮어주었다.

그러나 페인은 계속 반항했다.

"그러니까 그 좋은 걸 왜 혼자 했느냔 말이다! 나도 같이 투

자했으면 돈을 두 배로 벌었을 거 아냐!"

"그만 자라."

테오발트는 페인의 머리를 꾹꾹 눌러 이불 안으로 밀어 넣고 다시 책을 폈다.

잠시 뒤 페인이 잠에 빠진 듯하자, 테오발트는 방을 빠져나왔다.

폭우 때문에 대낮인데도 방이 어두웠다.

어둠 속에서 페인이 조용히 눈을 떴다.

그는 실소를 지었다.

"돈 욕심도 없는 놈이 밀 수매는 무슨."

처음 감자 구이 가판대를 열었을 때도 테오발트는 거의 무보수로 페인을 도와주었다.

수상 식당을 짓는데 큰돈이 필요하다는 핑계로 월급을 쥐꼬리만큼만 줘도 불평 한 번 한 적이 없다.

사람은 참 좋다.

하지만 그런 식으로는 돈을 벌 수가 없었다.

"……"

페인은 이불을 걷고 일어났다.

테오발트는 식료품 상태를 확인하기 위해서 지하에 있는 창고에 들렀다가 해가 저물 무렵에 위층으로 돌아왔다.

“그류가! 대체 어디에 있었던 거야?”

그때 식당에서 일하는 일꾼이 황급히 달려왔다.

테오발트는 한때 그류가라고 불린 적이 있었다.

당시 그의 이름이 그류가였다.

“무슨 일인가?”

일꾼이 발을 동동 구르면서 말했다.

“조금 전에 주인나리가 수상 식당을 살펴보겠다면서 밖으로 뛰쳐나가셨네! 위험하다고 아무리 말려도 막무가내인지라.”

“뭐라고?”

테오발트는 창밖을 내다보았다.

여전히 폭우가 내리고 있었다.

“네놈! 어째서 페인을 잡지 않았느냐!!”

“어, 어쩔 수가 없잖아. 막무가내로 뛰쳐나가는데.”

“늙어빠진 노인네를 붙잡는 것이 뭐가 그렇게 힘들단 말이냐!! 못하면 다리라도 부러뜨려서 붙잡아두던가!!”

테오발트는 일꾼의 멱살을 잡고 소리 질렀다.

그가 이 정도로 정색하는 것을 처음 봐서 일꾼은 흠칫 놀랐다.

“이, 이봐! 자네까지 큰일을 치르면 어쩌려고!”

일꾼의 만류에도 테오발트는 강둑으로 달려갔다.

예감이 좋지 않았다.

나쁜 예감은 언제나 맞아떨어졌다.

다음날 거짓말처럼 폭우가 멎었다.

거리 한쪽에서 간간히 곡소리가 터져 나왔다.

테오발트는 사람들 사이에서 페인의 시체를 응시했다.

강 하류에서 페인의 시체를 건져 왔다.

페인은 죽는 순간까지 수상 식당의 간판 조각을 꽉 움켜쥐
고 있었다.

그 하찮은 나무 쪼가리를 말이다!

갑자기 테오발트는 머리끝까지 짜증이 치미는 것을 느꼈
다.

"대답해 봐라!! 그까짓 식당 몇 개고 만들어주겠다고 말하
지 않았더냐! 왜 나를 믿지 않았지?"

그는 페인의 멱살을 쥐고 위로 들어올렸다.

죽은 몸뚱이가 덜렁거리며 테오발트의 손에 끌려 올라왔
다.

주변 사람들이 깜짝 놀라 그를 만류했다.

"이, 이게 무슨 짓인가!"

"그만 내려놓게!"

그때 감정이 격해져 있던 종업원이 뛰어나왔다.

"수상 식당은 주인나리의 목숨이나 다름없었다. 그까짓 거라고 지껄이지 마! 이 허풍쟁이 자식아, 일개 주방장 주제에 네놈이 무슨 재주로 식당을 만들어줘?!"

"하!"

테오발트는 기가 막혀 그저 실소를 터뜨릴 수밖에 없었다.

페인은 수상 식당을 목숨보다도 중히 여겼던 것 같으나, 테오발트는 그까짓 식당이야 바로 이 자리에서 장난감 접듯이 만들어줄 수도 있다.

물론 그런 식으로 본신의 힘을 전부 드러내면 큰 소동이 일어날 것이다.

그래서 테오발트는 필요할 때마다 조금씩 힘을 사용해서 페인을 도왔다.

길거리서 감자 구이나 팔던 페인이 무슨 수로 10년 만에 거대 식당의 주인이 될 수 있었겠는가.

페인이 특출한 상재라서?

천만에, 전부 테오발트가 보이지 않게 힘을 썼기에 가능했던 일이다.

이번에도 홍수로 수상 식당이 무너지면 테오발트가 알아서 적당히 복구시켜 주었을 것이다.

그러나 페인은 진실을 알지 못했다.

지금 격분하고 있는 식당 종업원처럼 테오발트를 일개 주방장일 뿐이라고 생각했다.

그래서 테오발트를 믿지 못하고 결국 빗속으로 달려나갔다.

"멍청한 놈."

어리석은 행동의 대가는 의미도 없는 개죽음이었다.

테오발트는 페인의 시체를 바닥에 던져 버렸다.

퍽!

시체는 아무렇게나 구겨져 땅에 처박혔다.

"헉, 너 이 자식!! 당장 돌아오지 못해?"

"그만둬. 그류가도 진심으로 그러는 건 아냐. 주인나리의 시체를 거두어온 것이 그류가잖아."

식당 종업원이 펄펄 날뛰었고 몇몇 사람들이 테오발트를 옹호하기도 했다.

그들을 전부 뒤로하고 테오발트는 식당을 떠났다.

갈 곳이 없어서 그런 낡은 식당에서 주방장 노릇을 했던 것이 아니다.

갑자기 기분이 동해서 인간들과 잠시 어울렸던 것뿐이다.

이제 마음이 변했으니 이곳을 떠날 참이다.

테오발트는 떠나기 전에 수상 식당에 들렀다.

식당은 비바람에 부서져 앙상하게 뼈대만 남아 있었다.

근방을 한 바퀴 둘러보고 있는데 나무조각이 발에 거치적거렸다.

수상 식당의 이름을 새긴 간판이었다.

간판을 발견한 그 순간, 테오발트는 갑자기 움직임을 멈추었다.

페인은 오래전부터 수상 식당을 세우면 제 가문의 이름을 따서 우샤스라고 지을 거라 이야기해 왔다.

몰락한 우샤스 가문을 재건하는 것은 페인의 평생 염원이었다.

하지만 불가능한 일이라는 것을 알기에 식당에 가문의 이름을 붙여 간접적으로나마 염원을 이루려고 했다.

한데 식당 간판에 새겨진 글자가 '우샤스' 가 아니었다.

테오발트는 식당의 이름을 읽었다.

"그류페인⋯⋯."

'그류가' 의 앞 글자와 '페인' 이라는 제 이름을 따서 만든 단어였다.

순간 겨우 가라앉았던 짜증이 다시 저 밑바닥에서 치밀어 올랐다.

아니, 그는 정말 짜증이 났던 걸까.

문득 테오발트는 잠에서 깨어났다.

꿈속에서 느꼈던 강렬한 감각이 아직도 남아 있었다.

그는 옷깃을 움켜쥐었다.

다 부서진 간판 따윈 못 보고 지나치는 편이 나았을 것이다.

그랬다면 감상에 빠져서 페인을 되살려내는 일도 없었을 것이다.

"그류페인……!"

사악한 마족으로 다시 태어난 페인은 스스로를 그류페인이라고 칭했다.

어둠이 깊어갔다.

Chapter 05
집시왕비 마리아

“스톰폴트로부터 통신입니다.”

악터스가 정중히 말했다.

테오발트가 고개를 끄덕이자 그는 통신 마법을 사용해서 스톰폴트 측과 연결했다.

허공이 일그러지며 그 위에 스톰폴트 국왕의 얼굴이 나타났다.

“맙소사, 순식간에 일을 해결했더군! 키루스 공왕이 비공식적으로 감사를 표해왔다네!”

통신이 연결되자마자 국왕이 희색이 만연한 얼굴로 말했다.

그러나 테오발트는 담담했다.

"일을 마무리하고 가까운 시일 내에 스톰폴트로 되돌아갈 예정입니다."

"당연히 돌아와야지! 으음, 그런데 말인데……."

갑자기 국왕이 얼굴을 약간 굳혔다.

"한 가지 상의할 일이 있다네."

"무슨 일입니까?"

국왕이 여간한 일로 테오발트에게 말을 꺼내진 않았을 것이다.

테오발트는 일단 관심을 보였다.

"그것이… 사자왕이 얼토당토않은 일을 벌였다네."

국왕은 자초지종을 이야기하기 시작했다.

둠 왕국의 마링겐 왕비는 원래 평판이 썩 좋은 편이 아니었다.

그런데 최근 들어 그녀의 평판이 더욱 나빠졌다.

스톰폴트 측에서 일부러 나쁜 소문을 퍼뜨린 덕분이다.

예전에는 미모로 사자왕을 홀린 요녀라는 이야기가 오가는 정도였으나, 이제는 사자왕의 정기를 빨아먹는 악마라는 둥 갓난아기의 피를 마셔 아름다움을 유지한다는 둥 갖은 악소문이 날개 돋친 듯 계속 퍼져 나갔다.

사자왕은 그동안 모든 소문들을 철저하게 무시로 일관했다.

그런데 이제 한계에 다다른 모양이다.

그는 전 세계 각국에 공문을 보냈다.

공문에는 결백을 증명하기 위하여 사자왕과 마링겐 왕비가 직접 성지를 방문할 것이라고 적혀 있었다.

또한 이를 확인하고 싶은 자는 성지로 오라고 말하기도 했다.

'성지'란 일반적으로 대륙 중부, 트러스 중립국 내에 있는 작은 호수를 가리킨다.

무슨 연유인지는 아무도 모르지만 그 호수는 일 년 내내 신성한 기운을 띠고 있다.

호수를 방문한 고명한 사제들은 자연의 신비에 크게 감탄을 해서 호수 근처에 신전을 세웠다.

이름 높은 신전이 무수히 들어서자 트러스 중립국은 스스로 신성교국이라 표방하기에 이르렀다.

설명을 듣던 테오발트가 눈살을 찌푸렸다.

"황당하군. 한참 혼란스러운 이 시국에 왕과 왕비가 나라를 비우고 까마득히 먼 타국을 방문하겠다니."

"내 말이 그 말일세. 짐은 그런 어이없는 짓에 동조할 이유가 없다고 생각하네. 사자왕의 함정일지도 모르는 일이고……."

마링겐 왕비가 진짜로 마족이라면 그건 또 어떻게 감당하라고!

마족이 연관되면 그는 손 놓고 당하는 것 외엔 방도가 없다.

생각을 하면 할수록 답답하고 기가 막혔다.

마음대로 겉모습을 바꾸고 일국의 왕을 조종하질 않나, 수틀리면 왕궁의 견고한 성문을 박살 내고 쳐들어올 수도 있고.

인간의 입장에서 마족이란 존재 자체가 반칙이라는 느낌이다.

저런 놈들이 아무런 제약 없이 돌아다니고 있다니, 세상의 섭리가 왜 이리도 부당한가?

"……."

테오발트는 조금 전부터 생각에 잠겨 있었다.

그는 눈을 내리깔고 아무것도 없는 바닥을 응시했다.

국왕은 통신용 수경 너머로 가라앉은 분위기를 느꼈다.

"제 생각에도 국왕께서 움직이지 않는 것이 바람직할 것 같습니다. 성지에는 제가 들렀다 오겠습니다."

얼마간 시간이 흐른 뒤 테오발트가 입을 열었다.

그 말은 들은 뷜로가 흠칫거렸다.

“거, 거길 가면 집시왕비와 마주치게 될 텐데? 좀 더 준비를 한 다음에 그녀를 상대하는 편이 낫지 않은가?”

실질적인 마족 서열 1위로 사상 최강의 마족으로 예상되는 집시왕비.

무슨 준비를 갖춘다고 승산이 보일 정도의 상대가 아니다.

그래도 마음의 준비는 어디서나 필요한 법.

“당장 마링겐 왕비를 어찌하겠다는 것은 아닙니다. 다만 사자왕이나 마링겐 왕비가 무슨 일을 꾸미고 있는지 의구심이 듭니다. 이번에 가서 동정만 살피고 오도록 하지요.”

“부탁함세.”

국왕은 진심으로 말했다.

국왕의 청으로 테오발트는 스톰폴트가 아니라 트러스 중립국으로 향했다.

대륙 북부에서 대륙 중부를 가로지르는 상당히 긴 여정이었다.

다행히 일행은 늦지 않고 목적지에 도착할 수 있었다.

손바닥만 한 중립국은 어딜 가나 사람이 넘쳐 났다.

사자왕과 마링겐 왕비가 특별한 목적으로 방문한다는 소문이 퍼졌기 때문이다.

“에스트리트, 로지나. 너희들은 이곳에서 기다리고 있거라.”

여관에 도착하자 테오발트는 침대 시트를 두 사람의 머리에 씌우고 끝자락을 모아 매듭을 지었다.

에스트리트가 침대보 사이로 얼굴만 내밀고 피식 웃었다.

"웬일이세요? 장난을 다 치시고."

"꼭꼭 숨어 있어야 한다. 혹시라도 마링겐 왕비의 눈에 띄지 않도록 항상 주의해라."

이미 선언했듯 테오발트는 그냥 동정만 살피고 돌아갈 예정이었다.

그래도 일행 사이에 전과는 사뭇 다른 긴장감이 감돌았다.

"…테오발트님도 조심하세요."

에스트리트는 걱정을 담아 그의 뺨에다가 살짝 키스했다.

테오발트는 조용히 웃으며 가볍게 입맞춤을 했다.

한편 로지나는 눈만 동그랗게 뜨고 입술을 움찔거렸다.

두 사람은 공식적으로 연인 사이였지만, 로지나는 사실 테오발트와 아무런 관계도 아니었다.

감히 그의 뺨에 대고 뽀뽀 같은 걸 할 수가 없다.

'뽀, 뽀뽀는 무슨! 난 쿠르트랑 사귀고 있잖아!'

로지나는 뒤늦게 화들짝 놀라서 얼른 고개를 저었다.

그때 테오발트가 빙그레 웃으며 그녀의 앞머리를 쓰다듬었다.

동그란 이마가 드러나자 그 위에 키스했다.

"둘 다 착한 아이지. 얌전히 기다리고 있으려무나."

테오발트는 여관방을 나섰다.

침대 시트를 뒤집어쓴 두 여자가 그 뒤에 남았다.

에스트리트는 금붕어처럼 입을 뻐끔거렸다.

"이, 이제 아예 대놓고……!"

로지나는 에스트리트의 눈치를 보면서 한편으로 제 머리를 콩콩 쥐어박았다.

"난 왜 이렇게 바람기가 심하지? 나한테는 쿠르트가 있는데!"

테오발트는 악터스와 뷜로만 데리고 성지로 향했다.

지그문트는 멋대로 그를 뒤쫓아왔다.

바로 오늘이 마링겐 왕비가 결백을 증명하겠다고 선언한 그날이다.

성지로 향하는 길에 엄청난 인파가 몰려들었다.

사람들의 물결에 휩쓸려 일행은 성지에 당도했다.

원래 성지는 일반에 공개되어 있다.

호수 물에 손을 담그거나 병에 조금 넣어가는 일 정도는 얼마든지 가능했다.

하지만 너무 많은 수의 사람들이 몰린 탓에 지금은 일정거리 밖에서 호수를 구경만 할 수 있게 조치해 놓았다.

"더 이상은 들어오면 안 된다니까!"

병사가 출입금지선 안으로 들어가려는 사람을 제지했다.

구경꾼의 수도 많았지만 교국에서 파견 나온 병사의 수도 상당히 많았다.

마링겐 왕비의 안전을 위해서일 것이다.

웅성!

그때 갑자기 사람들이 크게 술렁이기 시작했다.

"사자왕인가?"

"어디야, 어딘데!"

테오발트는 주위의 소란에도 아랑곳 않고 호숫가만 바라보고 있었다.

안달을 내지 않아도 소문의 주인공은 스스로 그곳에 모습을 드러낼 터였다.

드디어 오십에 가까운 호위를 이끌고 사자왕이 나타났다.

1년여 만에 보는 그 사내는 여전히 위엄이 넘쳤고, 신체는 전보다 더욱 단단해졌다.

필시 하루도 빠지지 않고 몸을 단련하고 있음이다.

그는 야심만만했고, 야심을 채울 만한 능력과 정신력을 가지고 있었다.

스톰폴트의 왕에게는 안 됐지만 사자왕은 그와는 비교도

할 수 없을 정도로 뛰어난 사내임이 틀림없다.

"한데 너처럼 훌륭한 사내가 어찌하여 마녀에게 정신을 팔고 있느냐."

테오발트는 사자왕의 곁에 바싹 붙어 있는 여인을 보면서 홀로 질문을 던져 보았다.

그때 여인이 얼굴을 가리고 있던 망토를 천천히 벗었다.

믿기지 않는 것을 봤을 때 사람들의 반응이란 대개 비슷하다.

웅성거리던 사람들은 숨을 멈췄다.

나오는 것이라고는 그저 나지막한 탄성뿐이다.

인간이 어떻게 저리 아름다울 수가 있을까?

"트러스 신성교국의 국왕 예하와 여러 사제 분들께 양해를 얻어 이 자리를 만들게 되었습니다. 저는 이번 기회를 통해 그간의 모든 오해를 불식시키고자 합니다."

마링겐 왕비가 아름다운 목소리로 청중을 향해 말했다.

청중들은 내용은 제대로 듣지도 않고 그저 목소리에 홀려 얼굴을 붉혔다.

마링겐 왕비는 빙그레 미소를 지었고 곧장 호수가로 걸어갔다.

사제들이 몇 날 며칠 동안 신성력을 부여해서 만든 물이 성수인데, 이곳 호수에는 성수가 자연적으로 샘솟았다.

한마디로 호수의 물이 모조리 성수라는 뜻이다.

성수에 닿는 순간 마족들은 살이 타들어가는 고통을 느낄 것이다.

물론 성수 정도로 마족에게 큰 피해를 입힐 수는 없다.

그러나 성스러운 힘과 사악한 기운의 충돌로 반드시 강력한 반발이 일어난다.

그런데 마링겐 왕비는 수백 명의 시선을 한 몸에 받으며 망설이지도 않고 성수에 발을 내딛었다.

참방.

희고 예쁜 발이 호수에 잠겼다.

그녀는 계속 물속으로 들어갔다.

허리까지 잠기자 손으로 물을 떠서 가볍게 얼굴을 씻어내기도 했다.

기분이 좋아졌는지 그녀는 춤을 추듯 제자리에서 한바퀴를 돌았다.

수면의 물방울이 보석처럼 튀어 올랐다.

그 황홀한 광경에 사람들은 넋을 잃을 지경이었다.

"에잉? 저게 어찌 된 일이야?"

그 시각 빌로는 자신의 눈을 의심했다.

아예 거부반응 자체가 보이질 않았다.

마링겐 왕비가 마족이라면 저럴 수는 없다.

테오발트가 헛소리를 했을 리도 만무하고.

지그문트가 허리춤에 달린 성검에 손을 올렸다.

"성검이 집시왕비를 두려워하고 있다. 성검이 알리기를 집시왕비의 악의가 끔찍하게 깊어 하급신의 힘으로는 그녀의 의지를 거스를 수가 없다고 한다. 그녀의 손이 닿는 순간, 정화와 물의 신이 세상을 윤택하게 만들기 위해서 만든 성수는 맹물로 변해 버렸다."

뷜로는 입을 딱 벌렸다.

만지는 것만으로도 성수가 맹물로 변해?

서열은 밀리더라도 세상의 이치 중 하나를 관장하는 신이거늘, 하급신조차 집시왕비를 거스르지 못해?

마링겐 왕비가 강할 거라고 예상은 하고 있었다.

하지만 이것은 도대체 얼마나 강하다는 뜻인가.

강하다는 표현이 어색하게 느껴질 정도였다.

신에 대해서 논할 때 누가 더 세니 약하니 하는 말을 언급하지 않는 것처럼 말이다.

테오발트는 고뇌했다.

"어렵구나. 이번엔 어떤 비겁한 수를 써야 저 계집의 뒤통수를 칠 수 있을까."

마법사들은 땀을 삐질 흘렸다.

말을 듣고 보니 테오발트는 정정당당히 마족을 맞상대한

적이 한 번도 없다.

감언이설로 마족을 속이거나 숨을 죽이고 있다가 몰래 등을 찌르는 수법을 썼다.

빌로가 오랜만에 옳은 소리를 했다.

"잔머리를 굴리는 것으로는 집시왕비를 처단할 수 없을 것 같은데요."

"그럼 정정당당하게 인생을 마감하던가."

"우리 머리를 맞대고 아주 기상천외하고 비겁한 수법을 생각해 봅시다."

한편 악터스는 마링겐 왕비의 행동에 주목했다.

"성스러운 호수 속에 아무 탈 없이 들어갔다 나왔으니 마링겐 왕비를 악의 주구로 몰아붙이기는 사실상 힘들게 되었습니다. 다른 질 나쁜 소문도 어느 정도 가라앉겠지요. 마링겐 왕비는 이 기회에 스톰폴트를 몰아세울지도 모릅니다."

"너답지 않게 생각이 짧구나."

테오발트가 고개를 저었다.

"지금 당장은 눈에 띄지 않지만, 머지않아 모든 사람들이 호수의 성스러운 물이 맹물로 변해 버렸다는 것을 깨달을 것이다. 마링겐 왕비가 들어갔다가 나온 뒤에 성지에 이변이 생겼다. 그 사실이 알려지면 마링겐 왕비에 대한 질 나쁜 소문이 가라앉기는커녕 더욱 극성을 부릴 것이다."

악터스는 자신이 경솔했음을 인정했다.

그리고 자연스럽게 의문을 느꼈다.

"집시왕비는 어째서 책 잡힐 일을 자초하는 거지?"

과거를 되짚어보면 그녀의 행동엔 이상한 점이 많았다.

마링겐 왕비가 사자왕의 혜안을 흐리고 실정을 저지르도록 만들었기에 몇몇 둠 왕국인이 그녀를 손가락질했다.

스톰폴트는 둠 왕국을 헐뜯기 위해 일부러 마링겐 왕비를 악마로 몰아세웠다.

다양한 이유로 갖은 더러운 소문이 돌기 시작했으나 마링겐 왕비는 아무런 조치도 취하지 않았다.

그녀는 사치를 일삼으며 우아하게 미소 짓기만 했다.

그러더니 성수를 모조리 맹물로 만들어 질 나쁜 소문이 더욱 커지게 만들었다.

"아직도 모르겠느냐?"

테오발트는 이를 으득 갈았다.

억지로 농담을 지껄이는 것도 버겁다.

더 이상 마링겐 왕비의 얼굴을 쳐다보고 싶지도 않았다.

"저 계집에게 진의 따윈 없다. 그냥 인간들을 가지고 놀고 있을 뿐."

*   *   *

먹구름이 잔뜩 몰려와 주위가 어둑어둑해졌다.

큰 거리를 지나는데 사람이라곤 그림자도 찾아볼 수 없었다.

사자왕과 마링겐 왕비를 보기 위해 모두 성지 주위로 몰려갔기 때문이다.

여관으로 되돌아가던 길에 테오발트는 갑자기 걸음을 멈추었다.

길 가운데에 마링겐 왕비가 서 있었다.

어떻게 알고 여기까지 온 것일까.

성지에 모여 있는 구경꾼들은 다 어찌하고.

그런 것은 중요하지 않으리라.

마링겐 왕비가 테오발트를 보며 활짝 함박웃음을 지었다.

"나의 왕이여, 드디어 저를 만나러 와주셨군요!"

테오발트는 마링겐 왕비를 무시하고 그냥 지나쳤다.

마링겐 왕비가 그의 뒤를 쫓아왔다.

"나의 왕, 테오발트님. 가지 마셔요. 제 곁에 있어주세요. 저는 언제까지 기다려야 하나요?"

"……."

"너무 야속하세요. 왕께서는 몹시 화가 나셨군요. 어째서 그렇게 화를 내세요?"

순간 테오발트는 그녀의 목을 우악스럽게 움켜쥐었다.

어째서 화를 내느냐고?

"네년이 1년 전 무슨 짓을 했는지 벌써 잊었다 할 참이냐?"

우드득.

테오발트는 당장에라도 가냘픈 목을 부러뜨릴 것처럼 손아귀에 힘을 주었다.

마링겐 왕비의 몸이 꼭두각시 인형처럼 흔들렸다.

그러나 그녀는 저항을 하지도 않았고 고통스러운 표정을 짓지도 않았다.

오히려 그녀는 고개를 갸우뚱했다.

"혹시 약혼녀와 절친한 친구가 죽은 일 때문에 그러시는 건가요? 그렇게 마음이 아프시다면 다시 살려내면 되잖아요."

"……."

진짜 뭐가 문제인지 모르겠다는 얼굴.

테오발트는 기가 막혔다.

"내 피를 먹여 되살려내고 싶어도 이젠 두 사람의 시체조차 남아 있지 않을 것이다."

"그렇지 않답니다. 시체 같은 것은 필요없어요."

마링겐 왕비는 목이 졸린 상태에서 살포시 웃었다.

"낡은 시체에 다시 숨을 불어넣는 것이 아니기 때문이에요. 약하고 보잘것없는 인간의 육신이 천년만년 살 수는 없는 법이죠. 죽은 영혼은 왕의 강력한 피와 살점에 깃들어 비로소 부활한답니다. 약혼녀를 되살리고 싶다면 지금이라도 당신의 육신을 떼어내서 그곳에 그녀의 영혼을 깃들게 하세요.”

레티치아를 되살릴 수 있다.

언제든지, 지금 당장에라도!

이미 늦어버렸다는 말 따윈 새빨간 거짓이다.

“허튼소리.”

테오발트는 사악한 마녀의 말에 귀를 기울이지 않았다.

그러나 마녀는 말을 멈추지 않았다.

“저는 왕께서 결단을 내리실 수 있게 도와드렸을 뿐이에요. 영원히 사는 인간은 존재하지 않아요. 인간들은 모두 찰나간만 살다가 사소한 일에도 쉽게 죽어버리지요. 왕은 언제나 선택해야만 해요. 그녀를 되살려낼 것인가, 아니면 그냥 죽게 내버려 둘 것인가.”

“그냥 죽어버리면 된다. 나는 셀 수 없이 많은 인간들의 죽음을 봐왔다. 이제 와서 새삼스럽게 슬퍼하기엔 나는 죽음을 너무 많이 보았다.”

갑자기 마링겐 왕비가 후후 웃었다.

그녀가 테오발트의 심장 위에 두 손을 올렸다.

“하지만 때때로 참을 수 없을 때가 있어요. 너무 고독해서 심장이 찢어질 것 같을 때가 있지요. 아아, 신이시여!! 그럴 때는 어찌하면 좋은가요!!"

테오발트는 항상 무신경한 태도로 세상을 관조해 왔다.

영원의 세월이 그의 감각을 무던하게 만들었다.

다시 영원한 세월이 흘렀다.

사랑하는 연인과 그의 얼굴을 아는 모든 인간들이 죽었다.

거대한 침상 가운데서 혼자 눈을 떴을 때 그는 발작하고 말았다.

잔뜩 일그러진 얼굴로 죽은 이의 부활을 원한다.

되살아난 그녀가 얼마나 추악할지 모를 리 없으나, 녹색 눈을 반짝이는 모습을 볼 수만 있다면 다른 것은 아무래도 관계없을 지경이다.

급기야 그는 이렇게 자문했다.

교활해진 레티치아는 더 이상 레티치아가 아닌가?

품성이 다르면 더 이상 그녀의 영혼을 사랑할 수 없는가!

"닥쳐!"

쾅!

테오발트는 머릿속을 파고드는 사념을 떨쳐 내기 위해 마링겐 왕비를 바닥에 집어 던졌다.

머리부터 땅에 처박힌 마링겐 왕비는 목이 부러져 버렸다.

하지만 그녀는 우아하게 일어나서 제 손으로 부러진 목을 바로 세웠다.

"이 정도는 아무렇지도 않답니다. 왜냐하면 바로 당신께서 아프지 말라고, 어디 다치지 말라고, 이를 데 없이 애틋한 마음으로 이 튼튼한 몸과 강력한 힘을 주셨으니까요. 이제 세상의 그 무엇도 저희들을 해할 수 없답니다. 저희들은 더 이상 나이를 먹지도 않아요."

늙고 쇠약해지는 일 없이 그녀는 영원히 아름다울 것이다.

물에 젖은 은색 머리카락이 정말 유혹적이다.

가냘프고 매끈한 팔다리가 눈길을 끌었다.

하지만 테오발트의 눈을 사로잡는 것은 역시 그녀의 발이다.

마링겐 왕비가 스스로 드레스자락을 살짝 걷었다.

발이 참 조그맣고 예뻤다.

테오발트는 까맣게 잊고 있던 옛날 일을 또 하나 기억해 내고 말았다.

＊　　＊　　＊

때는 신마전쟁이 끝난 직후, 평야에 시체가 끝없이 깔려 있었다.

인간, 요정, 난쟁이 종족의 구분도 없다.

용의 시체까지 몇 구 보였다.

모든 것이 마족 앙브라스의 소행이었다.

그리고 앙브라스를 만든 것은 테오발트다.

테오발트는 참상을 둘러보면서 계속 북쪽으로 향했다.

어느 이름 모를 북방의 성 앞에서 테오발트는 갑자기 걸음을 멈추었다.

폐허로 변한 성 안에서 사기가 풀풀 흘러나왔다.

이곳은 아마도 마법사가 인체 실험을 했던 장소인 듯했다.

철창 안에 수많은 시체가 널려 있었는데, 멀쩡하게 인간의 모습을 갖추고 있는 자가 거의 없었다.

늑대와 합성해서 몸에 털이 수북하게 난 자도 있고 뱀의 비늘이 온몸을 뒤덮은 자도 있었다.

마족이 사악하다지만, 마법사들도 별다를 바가 없는 아주 사악한 족속들이다.

강해지기 위해서라면 악마의 하수인이 되기도 하고 온갖 끔찍한 짓을 일삼는다.

테오발트는 방을 하나씩 부수며 성 깊은 곳까지 들어갔다.

문득 가느다란 숨소리가 들렸다.

생존자가 있는 모양이었다.

테오발트는 소리가 나는 방향으로 걸음을 재촉했다.

작은 방 안에서 정체불명의 생물이 숨을 헐떡이고 있었다.

무엇과 합성하려고 한 걸까.

팔다리와 몸뚱이의 살이 엄청나게 부풀어서 방을 거의 다 차지했다.

몸 곳곳에는 갈색 털이 듬성듬성 났다.

살덩어리 사이에 얼굴과 발의 형태가 그나마 남아 있어서 그 생물이 한때 인간이었음을 알 수 있었다.

"누, 누구?"

하물며 젊은 여성이었던 모양이다.

눈이 안 보이는지 그녀는 연신 누구냐고 질문을 했다.

테오발트는 곧장 그녀 곁으로 다가갔다.

"너를 구하러 왔다. 이젠 안심하라."

"예? 마, 마법사는요?"

"악마 앙브라스는 세 영웅에게 패했고, 사악한 마법사들도 모두 죽었다."

"정말인가요? 정말이에요?"

작은 눈구멍으로 눈물이 왈칵 솟아올랐다.

"정말 저를 구해주러 오신 건가요? 이제 집으로 돌아갈 수 있는 거예요?"

테오발트는 그녀의 몸을 살펴보면서 말했다.

"물론이지. 곧 집으로 돌아갈 수 있을 것이다."

거짓말이다.

테오발트도 어찌 손을 쓸 수 없을 정도로 그녀의 육신은 망가져 있었다.

어디까지가 손이고 몸인지도 분간조차 힘들었다.

"몸이 조금 상했구나. 얼마간은 여기서 치료를 받아야겠다."

이런 몸으로 가족의 품에 데려다 줘봤자 마을이 발칵 뒤집어질 뿐이다.

아무것도 모르는 그녀가 눈물을 하염없이 쏟으면서 기뻐했다.

"고맙습니다. 고맙습니다."

테오발트는 깨끗한 천으로 살에 묻은 오물을 닦아냈다.

그녀는 배설을 하지 않았지만 몸에서 더러운 진물 따위가 끊임없이 흘렀다.

"제 이름은 마리아예요. 저, 저기……."

"나는 요하임이다."

테오발트가 대답했다.

당시에 그의 이름이 요하임이었다.

마리아는 바들바들 떨면서 말했다.

“요, 요하임님, 죄송합니다.”

“뭐가?”

“잘은 모르지만 요하임님은 굉장히 높은 분이시지요? 말씀하시는 것만 들어도 알 것 같아요. 그런데 이런 일을 하시다니.”

“나는 그냥 떠돌이다. 이런 일도 하고 저런 일도 하지.”

그는 앙브라스로 인한 피해가 얼마나 큰지 살펴보기 위해 대륙을 떠돌아다니고 있었다.

그는 사해의 왕이지만, 기분 내키면 식당 주방장 노릇도 하고 하인으로 취직해서 걸레를 빨기도 한다.

수백만 년의 세월이 그를 천연덕스럽게 만들었다.

“후후, 떠돌이들은 그런 말투를 쓰지 않아요.”

“예리한 녀석이로군. 어쩔 수 없구나. 사실 나는 여러 제후를 거느린 왕이다. 황송하게 여기도록 해라.”

“하하하. 농담을 엄청 잘하시네요.”

시간이 지나자 그녀는 소리 내서 웃기도 했다.

그럴 때면 테오발트도 다소 흡족했다.

다시 상당한 시간이 흘렀다.

마리아는 여전히 방 안에서 꼼짝도 하지 못했다.

시간이 지날수록 그녀는 불안해했다.

기껏 조금 웃는가 싶더니 다시 얼굴에 그림자가 드리웠다.

어느 날 그녀는 찢어질 듯 비명을 지르며 발광을 했다.

"아아아아아악!! 집으로 돌려보내 줘요! 돌아갈 거야! 엄마! 아빠!!"

"조금만 더 치료하면 집으로 돌아갈 수 있을 것이다."

테오발트가 그녀를 다독였다.

그러나 마리아는 전과 달리 쉽게 진정하지 못했다.

"거짓말 마! 바보 취급 하지 마! 나도 알아! 치료할 방법 같은 거 없잖아! 인간으로 돌아갈 수 없는 거잖아!! 저리 꺼져! 빌어먹을 새끼! 입 닥쳐! 꺼지라고!"

그녀는 핏대를 세우며 소리를 질렀고 테오발트에게 욕설까지 해댔다.

그러나 테오발트는 아예 욕을 듣지 못한 것처럼 헝겊을 꺼내 물에 적셨다.

원래 절망적인 상황에 처하면 다들 이성을 잃는 법이다.

그런 것에 일일이 반응할 필요가 없다.

그는 언뜻 한가해 보일 정도로 태연히 마리아의 이마를 닦아냈다.

"이거 치워! 나는 여기서 나갈 거야!!"

마리아는 테오발트의 손을 뿌리쳤다.

밖으로 기어나가겠다고 거대한 몸뚱이를 마구 뒤틀자 역

한 냄새가 확 풍겼다.

마리아는 그 냄새를 인식하지도 못했다.

몸을 무리하게 움직이면서 바닥과 부딪치자 물 풍선이 터지는 것처럼 살이 터져 나갔다.

더 이상은 테오발트도 여유롭게 앉아 있을 수 없었다.

그는 더 상처를 입지 않게 마리아의 몸을 눌렀다.

"마리아, 진정해라. 움직이지 말고."

"싫어, 싫어! 살려줘!"

그녀는 말을 들으려 하지 않았다.

급기야 테오발트가 자신을 해할 것이라고 착각까지 했다.

그 속을 읽은 테오발트는 그녀를 우악스럽게 누르는 대신 머리를 쓰다듬어 주었다.

그래도 진정하지 않자 머리카락을 쓸어 넘기고 진물이 잔뜩 묻은 이마에다 입을 맞췄다.

마리아는 발광을 하는 와중에도 소스라치게 놀랐다.

그녀도 자신이 얼마나 더럽고 흉측한 꼴을 하고 있는지 알고 있다.

"무, 무슨 짓을! 더럽게!"

"수줍어하는 게냐?"

테오발트가 농을 걸었다.

말을 시켜서 그녀가 이성을 되찾게 만들 의도였다.

그러나 마리아는 그 말을 듣고 더욱 흥분했다.

그녀는 크게 화를 내면서 너무나 서럽게 울었다.

"수줍어하냐고? 수줍냐고?! 내가 이런 괴물이 됐다고 조롱하는 거야? 하기야 보기 역겹겠지! 여기 더럽고 끔찍한 괴물이 있다고 소리치고 싶겠지!!"

상황이 악화되자 테오발트는 흐음, 침음을 냈다.

"조롱하는 것이 아니다. 좋아하는 사람에게 입맞춤하는 것이 이상한 일이냐?"

"입 닥쳐!! 나 같은 괴물을 누가 좋아한다는 거야!!"

마리아는 악에 받쳐 고함을 질렀다.

너무나 격분하여 저절로 몸의 핏줄이 터지고 피고름이 흘렀다.

"흥분하지 마라. 나는 거짓말을 할 줄 모른다."

사실 그는 거짓말을 굉장히 잘했다.

이제 마리아도 그것을 잘 안다.

"웃기지 마! 이 괴물의 어디가 그렇게 좋아! 내 어디에 반했냐고! 말해보시지!!"

테오발트는 그녀의 끔찍한 몸을 두루 둘러보았다.

그리고 이내 대답했다.

"너는 발이 아주 예쁘다. 덕분에 그만 네게 반해 버렸지."

거대한 살덩어리 사이에 오직 두 발만이 제 형태를 유지하고 있었다.

마리아는 고함을 지르는 것을 멈췄다.

참 기가 막히다.

그리고 참 웃겼다.

눈물은 여전히 하염없이 흘렀지만, 그녀는 피식 웃고 말았다.

"하하, 다, 당신… 정말 친절해요……."

테오발트는 가만히 그녀의 머리카락을 쓰다듬었다.

마리아는 겨우 이성을 되찾았다.

이성을 찾고 나니 그제야 자신이 무슨 짓을 했는지 깨닫게 되었다.

아무런 대가도 없이 무한정 도움을 주었던 은인에게 패악을 부린 것이다.

"저기… 잘못했어요. 다, 다시는 그러지 않을게요. 미안해요. 미안해요. 그러니까……."

갑자기 피가 싹 내려가는 느낌이다.

방금 한 짓을 떠올리면 그가 질색을 하고 떠나도 할 말이 없다.

그가 가버리면 여기서 홀로 어찌 버틸까.

마리아는 몸을 바르르 떨었다.

테오발트는 그녀를 안심시켰다.

"걱정할 것 없다. 나는 그런 일에 신경 쓸 만큼 섬세한 성격이 아니다."

"고마워요. 그, 그리고……."

감사의 인사를 표한 뒤 마리아는 침을 꿀꺽 삼켰다.

이런 말을 하는 것이 얼마나 뻔뻔스럽게 느껴지는지.

그래도 도저히 혼자 남아 있을 자신이 없었다.

"제발……. 조금만 더 곁에 있어주세요."

"어쩔 수 없지. 네 발이 너무 예쁘니까."

테오발트는 픽 웃었다.

그리고 내친김에 또 말했다.

"고백을 했으니 이제 청혼만 남았군. 마리아, 내 신부가 되지 않겠느냐?"

"진짜 놀리지 마요!"

따뜻하던 날씨가 많이 쌀쌀해졌다.

그동안 마리아의 몸은 점점 더 기형적인 형태로 변하며 악화되었다.

그녀는 폐를 끼치지 않기 위해 불안을 억지로 숨겼다.

테오발트와 이런저런 대화를 나누며 실제로 안정을 되찾기도 했다.

하지만 평화는 오래가지 않았다.

"꺄아아아아악!!"

비명을 듣고 테오발트는 그녀의 머리에 손을 얹었다.

"마리아, 어디가 안 좋으냐?"

마리아는 대답하지 않고 비명만 질렀다.

귀가 들리지 않게 되었기 때문이다.

벌써 오래전에 장님이 되었고 이제는 귀머거리가 됐다.

그녀는 두렵고 끔찍해서 견딜 수가 없었다.

"싫어! 어째서 나만 이런 일을 당해야 해!! 왜 나만!! 아아아아아악!!"

테오발트의 손을 뿌리치고 그녀는 발악을 했다.

욕설은 예사이고 갖은 패악을 다 부렸다.

마리아가 이성을 되찾은 것은 그날 저녁 무렵이었다.

제풀에 지쳐 잠들었다가 겨우 눈을 떴다.

그녀는 잠에서 깨자마자 입술을 달싹거렸다.

"요, 요하임. 요하임."

대답이 들려오지 않는다.

귀머거리가 되어서 그가 무슨 말을 할지 알 수 없게 되었다.

그가 곁에 있는지 없는지도 알 수 없다.

불안해서, 무서워서 또 눈물이 났다.

그때 이마에 손길이 느껴졌다.

아, 그가 아직 곁에 있구나.

"요하임, 제가 잘못했어요. 정말로 잘못했어요."

"신경 쓸 것 없다."

테오발트가 대답했다.

하지만 그녀가 더 이상 듣지 못한다는 것을 깨달았다.

그는 마리아의 코끝을 간질여 주었다.

마리아는 울먹거리면서 말했다.

"저한테 정말로 질렸지요? 그래도, 그래도 떠나지 말아주
세요. 조금만 곁에 있어주세요. 제발. 제발."

또 코끝을 간질인다.

말을 듣진 못해도 '그리하마' 라는 말을 들은 것 같다.

마리아는 불현듯 자신이 정말 못된 짓을 하고 있다는 것을
깨달았다.

이런 지저분한 곳에서 괴물을 옆에 끼고 언제까지 함께 있
으라는 건가.

또 자신은 언제까지 이런 끔찍한 꼴로 숨을 쉬고 있을 참인
가.

"요, 요하임, 사실은 떠나서도 돼요. 그런데 떠나시기 전에
저를 죽여주세요. 어차피 저도 이런 꼴로 더 살고 싶지 않아
요. 아, 아프지 않게 해주실 수 있나요?"

"이런 맹랑한 계집을 봤나."

테오발트는 실소를 터뜨리며 그녀의 코를 아주 세게 꼬집었다.

"악! 아파!"

마리아는 깜짝 놀라 비명을 질렀다.

정말 코가 삐뚤어지는 줄 알았다.

그래서 너무 고마웠다.

"고마워요. 고마워요."

테오발트는 못생긴 그녀를 오래 들여다보았다.

"남는 것이 시간이다. 어차피 한가하니 고마워할 필요 없다."

목소리가 부드러웠다.

언제부터인가 그녀를 보면 아주 애틋한 기분이 들었다.

단순한 동정일까, 동정이 애정으로 발전한 것일까.

그런 것은 아무래도 좋으리라.

그 해 겨울엔 폭설이 내렸다.

그러나 마리아가 있는 작은 방은 봄날처럼 따뜻했다.

테오발트의 힘으로 불을 피우는 것 정도는 문제도 아니다.

"요하임. 요하임."

마리아의 몸을 닦아내던 테오발트는 헝겊을 내려놓고 그녀의 코끝을 만져주었다.

“무슨 일이지?”

순간 그는 흠칫 놀랐다.

습관적인 행동이었는데, 손가락에 닿는 숨결이 너무 가늘었다.

목소리도 끊어질 듯 애처롭다.

“요하임… 그동안 생각해 봤는데요. 저는 다시 태어나면 당신의 하녀가 될 거예요. 그래서 당신이 제게 해주셨던 것처럼 당신의 수발을 들게요. 당신의 발도 씻겨 드리고, 더러워진 옷도 전부 깨끗하게 세탁해 드릴게요.”

“무슨 헛소리를 하는 거냐?”

테오발트는 갑자기 초조해졌다.

금방이라도 그녀가 사라져 버릴 것 같았다.

마리아를 붙잡기 위해 그는 급히 말했다.

“하녀가 다 무엇이냐. 내 신부가 되어달라 하지 않았느냐. 원한다면 지금 예물 교환이라도 하랴?”

마리아는 귀가 멀어서 테오발트의 말을 듣지 못한다.

그러나 직접 들은 것처럼 그의 뜻을 느꼈다.

너무 친절하고 고마운 사람.

이 마음을 어찌 다 말로 표할까.

고마움과 눈물이 넘쳐흐른다.

어찌하면 이 은혜를 다 갚는단 말인가!

그녀는 갑자기 허공에 손을 허우적거렸다.

"주, 죽고 싶지 않아. 죽고 싶지 않아! 이렇게 죽을 수는 없어!"

"누가 죽는단 말이냐."

테오발트는 그녀의 손을 붙잡았다.

마리아는 그 사실조차 깨닫지 못했다.

그녀는 아무것도 없는 허공을 향해 외쳤다.

"이렇게 죽고 싶지 않아. 아직 고맙다는 말도 다 하지 못했는데. 난 매일 짜증 부리기만 했는데. 조금만 더, 조금만 더 시간이 있다면!"

"마리아."

"요하임! 정말이에요. 그냥 하는 말이 아니에요. 다시 태어나면 당신의 하녀가 되어줄게요. 당신을 위해서 빨래도 하고, 뒷바라지도 전부 해드릴게요."

"시끄러운 녀석이군! 왜 하녀가 되지 못해 안달이냐!"

결국 테오발트는 짜증을 냈다.

반응이 없었다.

마리아는 고통스럽게 숨을 거두었다.

테오발트는 한참 후에 입을 열었다.

"내 신부가 되라 하지 않았느냐……."

마리아가 죽은 뒤 테오발트는 작은 방에서 이틀 정도 더 보냈다.

성 어딘가에 처박혀 있던 찻잎을 꺼내서 뜨거운 물에 오래 우려냈다.

한 모금 마셔보니 향이 나쁘지 않았다.

그런데 다른 악취에 차향이 묻혔다.

벌써 마리아의 시체에서 썩는 냄새가 나기 시작했다.

슬슬 떠날 때가 되었다.

"여기서 거의 세 달 동안 머무른 셈인가. 녀석도 이런 상태로 세 달이나 살았으니 정말 오래 버틴 셈이군."

테오발트는 거대하게 부푼 몸뚱이를 새삼 둘러보았다.

사실 처음 마리아를 봤을 때 보름을 넘기지 못할 줄 알았다.

그는 마리아의 머리맡으로 걸어가 이마에 손을 얹었다.

"이제 정말 작별이다."

죽은 자가 대답할 리가 없다.

그럼에도 테오발트는 물끄러미 시체를 바라보며 대답을 기다렸다.

급기야 시체에 말을 걸었다.

"마리아."

정말로 작별 인사를 할 생각이었다면 가차없이 떠났어야

지 그리해서는 안 됐다.

죽은 이를 너무 오래 바라보면 감상에 빠질 공산이 컸다.

"어리석은 녀석, 다시 태어나는 일은 불가능하다."

죽으면 그것으로 끝이다.

영원히 세상에서 사라질 뿐이다.

그래도 혹시 다시 태어나는 것이 가능하다고 한다면.

이 가련한 여인에게 조금만 더 시간이 주어진다면.

그는 홀린 것처럼 팔뚝을 걷었다.

손끝으로 상처를 내자 붉은 피가 줄줄 흘러내렸다.

아주 위험하고 신비한 생명수였다.

잠시 후, 테오발트는 쥐에게 파 먹힌 듯 너덜너덜해진 팔을 겉옷으로 대충 싸맸다.

작은 방에는 커다란 살덩어리 괴물 대신 은발의 여인이 쓰러져 있었다.

"나는 불사왕이라 한다. 정신이 들거든 사해를 건너 나의 사악한 왕국으로 오너라. 약속대로 너를 신부로 삼을 것이다."

그는 마지막 말을 남기고 그곳을 떠났다.

죽은 자를 되살려낸 뒤에 그는 언제나 후회했다.

*   *   *

비가 내릴 듯하면서도 내리지 않았다.

구름이 잔뜩 끼어 우중충한 분위기만 만들어냈다.

마링겐 왕비는 거리를 살짝살짝 걸었다.

드레스자락 사이로 보이는 발이 한번 건드려 보고 싶을 정
도로 앙증맞다.

테오발트는 입을 열었다.

"…네 발은 그렇게 예쁘지 않았다."

마링겐 왕비가 우뚝 걸음을 멈추었다.

이해할 수가 없다는 목소리다.

"왕께서 제 발이 예쁘다고 말씀하셨잖아요."

"그런 뜻이 아님을 너는 알고 있을 것이다."

마리아의 발은 남자의 발만큼 큰데다 살이 쪄서 두툼했다.

발바닥엔 노란 굳은살이 잔뜩 박혀 있었다.

생전에 일을 많이 해서 오른쪽 새끼발톱은 아예 빠지고 없
었다.

마링겐 왕비는 두 발을 다소곳이 모았다.

"사소한 일엔 신경 쓰지 마세요. 그리고 이왕이면 정말로
예쁜 편이 좋지 않나요?"

"……."

"이걸 보세요. 왕을 기다리면서 열심히 발을 관리했답니다. 젊은 처녀의 피를 사용하면 피부가 고와진다기에 매일 처녀 스무 명의 목을 베어 그 피로 마사지도 했어요. 효과가 진짜 있는 것 같아요."

그녀는 천진하게 말했다.

자연스럽게 마리아의 모습이 눈앞에 겹쳐졌다.

그럴 수밖에 없는 것이, 마리아가 바로 마링겐 왕비이기 때문이다.

그런 진실 따윈 차라리 모르는 편이 나았다.

정말 쓸데없는 것을 기억해 내고 말았다.

"다음에 너를 만난다면, 그땐 반드시 너를 죽여 버릴 것이다."

테오발트가 말했다.

스스로 다짐하듯이.

마링겐 왕비의 얼굴에서 웃음기가 사라졌다.

그녀는 몹시 실망한 표정을 지었다.

"아직도 저를 신부로 맞아주실 준비가 되지 않으신 모양이로군요."

"내 하녀가 되겠다며?"

테오발트는 비웃었다.

그가 억지로 비꼬는 것이라면, 마링겐 왕비는 진심으로 테오발트를 비웃었다.

"아하하하! 왕께서 절 신부로 맞이하겠다고 말씀하셨잖아요. 그런데 제가 뭐 하러 더럽게 하녀 따위가 되겠어요?"

사악한 웃음소리가 거리를 가득 메웠다.

가련한 여인은 마족으로 다시 태어났다.

시간이 더 주어지자 그녀는 천박한 야심을 드러냈다.

"저는 항상 당신을 기다리고 있답니다. 홀로 오만한 세상 만물의 왕이여, 어서 그 위엄 넘치는 모습으로 되돌아오세요. 하루빨리 저를 당신의 신부로 맞아주세요. 그리하면 저는 세상에서 가장 아름답고 고귀한 여인이 되는 거예요!"

비가 쏟아지기 시작했다.

마링겐 왕비는 비를 피해 돌아갔다.

그전에 제 망토를 벗어 테오발트의 어깨에 감싸주었다.

'감기에 걸리지 마세요, 나의 왕' 하고 애교 어린 전언도 남겼다.

테오발트는 망토를 물웅덩이에 처박고 성지를 떠났다.

*　　　*　　　*

검은 공간 안에 네 개의 그림자가 떠 있었다.

"그류페인이 죽었다."

“그류페인은 방심하고 있다가 등을 내준 것에 불과하다. 그러나 같은 일이 연이어 반복되면 그것은 더 이상 우연이 아니다.”

“역시 왕을 위협하는 것은 불가능한가.”

“재미없군. 혹시라도 왕의 피를 얻을 수 있지 않을까 기대했거늘.”

이 자리에 모인 이들의 최종 목적은 불사왕을 죽이거나 위협하는 것이 아니다.

솔직히 말해 하극상을 기대한 자는 한 명도 없다.

어떤 이유에서든 불사왕의 힘이 조금이라도 약해졌다면, 틈을 살피다가 그의 피나 살점을 훔쳐 내는 것이 목적이었다.

문득 그림자 하나가 말했다.

“안색이 나빠 보이는군, 라우지 토가.”

“헛소리.”

남부 마도왕국의 군주 라우지 토가는 눈살을 찌푸리며 말을 받아쳤다.

다른 그림자가 킥킥 웃었다.

“안색이 나쁠 수밖에. 그류페인이 죽기 전에 모조리 고자질했거든. 라우지 토가가 마족들을 이용해 음모를 꾸미고 있다고 말이다. 우두머리와 말단 졸개의 죄질은 차원이 다르지. 저놈은 이제 빼도 박도 못하게 됐다. 왕에게 걸리면 그날로 죽은 목숨이란 뜻이지."

라우지 토가는 조소로 받아쳤다.

"큭큭, 내가 혼자만 죽을 거 같으냐? 혹시 왕에게 잡힌다면 네놈들이 한 짓을 빠짐없이 고해주마."

"양치기 소년이란 동화를 모르는 모양이군. 네놈은 마음에 안 드는 놈을 제거하기 위해 자주 누명을 씌우곤 했다. 왕은 네놈의 거짓말에 아주 학을 뗀 상태지. 이 상태에서 네 고변이 통할 것 같은가."

킬킬거리며 웃는 소리가 검은 공간을 가득 채웠다.

라우지 토가는 이를 으드득 갈았다.

그러나 잠시 뒤 그는 코웃음을 쳤다.

"그렇게 여유를 부려도 될까?"

"……?"

그림자들이 그를 주목했다.

"그류페인이 죽었다. 그 녀석은 열성마족 따위가 아니라 왕이 손수 만들어낸 진짜 마족이었다. 왕은 어떤 형태로든 그류페인을 아끼고 있었을 것이다. 그런데 이번에 왕은 아무렇지도 않게, 가축 도살하듯이 그류페인을 죽여 버렸다."

"흠, 그것은 확실히 생각해 볼 문제인데……."

"어떻게 그류페인을 그리 쉽게 죽일 수 있었는지, 진정 생각해 본 바가 없나?"

쾅!

라우지 토가는 탁자를 내려치며 주의를 끌었다.

"모든 것은 왕에게 기억이 없기 때문이다. 옛날 일을 기억하지 못하기 때문에 태연하게 그류페인을 처형할 수 있었던 것이다."

그림자들은 서로 얼굴을 바라보았다.

부정의 여지가 없었다.

"불사왕은 자신의 손으로 마족을 만들었다. 그러나 사실 불사왕은 사악한 마족을 아주 싫어한다. 옛 정 때문에 내치지 못하고 마지못해 곁에 두고 있는 것뿐이지. 그러던 어느 날 왕은 결심했을지도 모른다. 세상에 해밖에 안 되는 마족을 모두 없애 버리자고. 그래서 왕은 일부러 자신의 기억을 지워 버렸다. 마족을 제거하는데 기억이 거추장스럽기 때문이다!"

라우지 토가의 목소리가 검은 공간을 쩌렁 울렸다.

그림자들 사이에 동요가 일었다.

그들 중 하나는 자리에서 벌떡 일어났다.

"상상력이 아주 풍부하군! 어차피 네놈의 추측에 지나지 않아!"

"큭큭큭, 추측에 지나지 않는데 왜 성질을 내시나?"

이제는 라우지 토가가 그림자들을 비웃었다.

그는 오만하게 턱을 치켜들었다.

"우리는 이제 한 배를 탔다. 눈치를 보다 발을 뺄 생각은
마라. 이제 남은 선택지는 하나뿐이다. 당하기 전에 치는 것,
바로 왕을 제거하는 것이다!"

긴 침묵이 이어졌다.

전반적인 분위기는 황당함이었다.

그림자 중 하나가 물었다.

"라우지 토가, 너는 정말로 불사왕을 죽일 수 있다고 생각
하나?"

"……."

"불사왕은 최소 추정치로만 삼백만 년을 족히 살았다. 삼
백만 년은 세상이 열여섯 번 멸망하고 다시 번성하기까지 걸
린 시간이다. 그동안 네놈처럼 불사왕을 죽이겠다고 달려든
날파리가 하나도 없었으리라 생각하는가?"

그림자는 천천히 다리를 꼬며 라우지 토가를 내려다보았
다.

라우지 토가는 눈썹을 꿈틀하며 허공에 손을 올렸다.

낯익은 영상이 떠올랐다.

"만년장로 호운이 왕의 시해를 시도했고 다들 알다시피 실
패했다. 그의 준비가 허술했기 때문이라고 생각하지 않는다.
그때 왕은 틀림없이 치명적인 피해를 입고 죽었다. 하지만 왕
을 완전히 죽일 수는 없었다."

강력한 성력에 휘말린 테오발트가 피를 흘리며 쓰러졌다.

동공이 열리고 완전히 죽은 것처럼 보였다.

그러나 잠시 뒤 그는 땅을 짚고 다시 몸을 일으켰다.

라우지 토가는 다른 영상도 만들었다.

"그동안 '테오발트 폰 베르그이젤'의 모든 흔적을 샅샅이 뒤졌다. 정작 그의 고향인 베르그이젤 성은 조사해 보지 못했지만, 그래도 어느 정도 수확이 있었지."

베르그이젤 성은 거대한 나무 수풀과 강력한 마법으로 보호되고 있었다.

억지로 들어가자면 못할 것도 없지만, 일단 눈에 띄는 짓은 삼가기 위해 보류해 둔 상태였다.

"오월 아카데미에 재학할 당시 그는 시비에 휘말려 큰 상처를 입었다. 이것은 시비가 생겼던 장소에서 기록을 읽어낸 결과이다. 보다시피 칼이 정확하게 척추에 박혔고, 그는 아무런 저항도 못하고 절명했다. 하지만 얼마 안가 멀쩡하게 다시 눈을 뜨고 일어났다."

이번에는 영상이 숲 속을 비추었다.

"당시에 그는 누명을 쓰고 병사들에게 쫓기고 있었다. 무력한 인간 흉내를 내며 별 시답지 않은 일에 큰 상처를 입었고, 끝내 과다 출혈로 숨이 끊어졌다. 그러나 이번에도 역시……"

라우지 토가는 손가락을 딱 퉁겼다.

테오발트가 자다가 깬 것처럼 눈을 떴다.

영상을 전부 본 뒤 그림자 중 하나가 길게 하품을 했다.

불사왕이 죽지 않는 건 따분하면 하품이 나오는 것만큼 당연한 일이다.

"불사왕을 죽이는 것은 불가능하다."

그림자가 단언했다.

그 말을 듣고 라우지 토가는 턱을 문질렀다.

"그런데 말이야. 지금까지 해내지 못했다고 해서, 앞으로도 불가능하다고 단정하는 태도는 영 아니라는 생각이 드는군."

"그래? 지난 삼백만 년 동안은 불가능했으나 현재의 너는 가능할 것이라 생각하는가?"

그림자가 빙그레 웃었다.

라우지 토가는 발끈했다.

"나는 불사왕을 제거하겠다고 했지, 죽이겠다고는 안 했다!"

"호, 미묘한 차이가 있었군."

"왕의 힘이 약해진 것은 부정할 여지가 없다. 왕에게 덤빈 마족들은 결국 전부 죽었지만, 그 이전에 왕은 농간에 휘말려 계속 곤란을 겪었다. 이 호기를 놓쳐서는 안 돼."

"좋은 생각이다. 한시가 아까우니, 너는 지금 당장 스톰폴트로 쳐들어가서 불사왕을 제거하도록 해라.”

라우지 토가의 이마에 핏줄이 돋았다.

당장에라도 저 입을 찢어버리고 싶었으나, 안타깝게도 상대는 그보다 훨씬 강했다.

불사왕의 피를 두어 방울만 더 얻었더라도 저런 놈 따윈 밟아 으깨 버릴 수 있었을 텐데!

“…왕을 직접 치는 것은 여전히 위험 부담이 너무 크다. 진성마족인 그류페인이 죽어버린 이 시점에서는 더욱 그렇다.”

라우지 토가가 꼬리를 내리자 그림자는 오히려 그의 말에 귀를 기울였다.

“네가 큰소리를 치는 데는 이유가 있겠군.”

“물론이다. 해답의 열쇠는 바로 이놈이 가지고 있을 것이다.”

어지러운 영상들이 전부 사라지고 쿠르트의 모습이 검은 공간 가운데에 떠올랐다.

“불사왕은 지금까지 소중한 보물처럼 놈을 숨겨왔다. 여기에는 필시 이유가 있을 터.”

테오발트를 완벽하게 빼닮은 하인.

불사왕의 일거수일투족을 조사하던 마족들이 그런 특이한 존재를 놓칠 리 없다.

그런데 라우지 토가는 물론 그림자에 가려진 세 명도 그의 존재를 전혀 깨닫지 못했다.

"드디어 무거운 엉덩이를 움직일 시간이다!"

라우지 토가는 옷자락을 걷고 돌아섰다.

그의 발치에 수십 명의 마족이 머리를 조아리고 있었다.

상관의 명령이 떨어지자 그들은 어디론가 사라졌다.

『불사왕』 4권에 계속…

은하의 계곡

무천향 武天鄉

허담 新무협 판타지 소설

뿌리를 찾아가는 목동 파소의 여행.
그 여정의 끝에서
검 든 자들의 고향 대무천향 (大武天鄉)을 만난다.

검객 단보, 그는 노래했다.

…모든 검 든 자들의 고향 무천향.
한 초식의 검에 잠든 용이 깨어나고, 또 한 초식의 검에 잠든 바다가 일어나네.
검의 흐름을 따라가다 보면 어느새, 세월도 잊어버리고, 사랑도 잊어버리고,
무공도 잊어버려…….
결국에는 자신조차 잊어버리는…….

은하의 가장 밝은 빛이 되어버린다는
그 무성(武星)들의 대지(大地).

아, 대무천향(大武天鄉)이여!

유행이 아닌 자유추구 -
WWW.chungeoram.com
Book Publishing CHUNGEORAM

염왕진무

김석진 新무협 판타지 소설

"그, 그럼 어디서 오셨습니까?"
무심하게 고개를 돌리며 진무가 속삭이듯 말했다.

……지옥에서.

인간이라면 절대 익힐 수 없다는 강호삼대불가득!
그것에 얽힌 비사를 풀기 위해 그가 강호로 나섰다!
피처럼 붉은 무적의 강기, 혼돈혈애를 전신에 두르고
수라격체술과 염왕보로 천하를 질타하는 쾌남아, 진무!
염왕의 진실한 무학을 발현하여 무림삼패세와 고금십대천병을
이겨내고 속세의 악업을 심판하는 진정한 염왕이 되어라!

이제 강호는 진무의
일거수일투족에 열광한다!